그런 시절 2

등잔불

그런 시절2 - 등잔불

발행일   2024년 7월 17일

지은이   김홍균
펴낸이   손형국
펴낸곳   (주)북랩
편집인   선일영   편집   김은수, 배진용, 김현아, 김다빈, 김부경
디자인   이현수, 김민하, 임진형, 안유경, 한수희   제작   박기성, 구성우, 이창영, 배상진
마케팅   김회란, 박진관
출판등록   2004. 12. 1(제2012-000051호)
주소   서울특별시 금천구 가산디지털 1로 168, 우림라이온스밸리 B동 B113~115호, C동 B101호
홈페이지   www.book.co.kr
전화번호   (02)2026-5777   팩스   (02)3159-9637

ISBN   979-11-7224-193-3 03810 (종이책)   979-11-7224-194-0 05810 (전자책)

(주)북랩 성공출판의 파트너

북랩 홈페이지와 패밀리 사이트에서 다양한 출판 솔루션을 만나 보세요!

홈페이지 book.co.kr   •   **블로그** blog.naver.com/essaybook   •   **출판문의** book@book.co.kr

작가 연락처 문의 ▸ ask.book.co.kr

작가 연락처는 개인정보이므로 북랩에서 알려드릴 수 없습니다.

그런 시절 2
등잔불

진흥균 시집

북랩

시를 쓰면서

참 정겨운 추억들이었다고
〈그런 시절〉 전(前) 편을 읽어 본 지인들이
고맙다는 뜻을 전해왔다.
정겹다는 말에 동의하면서 나는
시라는 형식을 빌려, 그 시절
일상의 발자국들을 다시 밟고 걸어 본다.

특별할 것 전혀 없었던
그 옛날의 잔상들이 어쩌자고,
아직도 가슴 한구석에
핏물로 고여 있는 우리라면
또, 다시
눈물 맺히는 미소를 함께 지어보고 싶다.

차례

2부 정월 대보름

 **3부** **장마철**

4부 오시(午時)

5부 실개울

1부

산
그
늘

시골집

따가운 햇살 가득한 마당.

참새들도 오지 않고

바람도 숨을 죽인

오후 한때

우거진 호박 넝쿨 사이

구렁이 한 마리

어물쩍

돌담을 넘고 있다.

고갯길

팔자걸음 걷는 키 큰 상구 아재
중절모에 곱게 다린 두루마기 걸치고
휘휘 활개 치며 걷다가,
에헴! 헛기침하고 뒤돌아보며
- 어야, 싸게싸게 안 오고 머 한가?
워따메, 징한 양반. 보면 모르것소?
머리에 인 보따리는 무겁제
등에 업은 애기는 칭얼대는디
째까만 쉬었다 가도
젖이라도 한 번 물리것구만
이녁은 빈손으로 할랑할랑 걸음서
먼 재촉을 저리 해싼당가?
속엣말 한마디도 내뱉지 못하고
땀 젖은 머리칼 쓸어 올리며
저만치 뒤에서 잰걸음 따라오는
키 작은 아짐씨.

재 넘어 종가댁은 아직도 멀어.

자랑

시앗이 아들 낳은 날
점순이 어머니
미역국을 끓였다.

딸만 내리 다섯 낳은
점순이 어머니
마침내 대를 잇게 되었다고
사함 받은 죄인인 양
동네방네 자랑하고 다녔다.

아들 자랑 늘어지는
점순이 어머니
웃음 짓는 눈가에
맺히는
맑은 이슬.

봄나물

비틀걸음으로
뒷산 언덕에 올랐다.

- 딸 낳은 게 벼슬이냐, 몸조리하게?
시어머니 잔소리 듣기 싫어서
몸 푼 지 하루 만에 아침밥 지어놓고
바구니 들고 봄나물 캐러 나온 옥천댁.

이상도 해라.
그새 누가 다 캐갔을까?
그저께 왔을 때
여기저기 널려 있던 나물들
왜 하나도 보이지 않지?

이른 봄
찬바람이 시린 허리에 감긴다.

아기가 혼자 남아

"엄마가 섬 그늘에 굴 따러 가면
아기가 혼자 남아 집을 보다가
바다가 불러주는 자장노래에
팔 베고 스르르르 잠이 듭니다."

산골 황토밭 김매러 간 엄마
새소리 하나 없는 긴 한나절
마루에 엎드린 채
혼자
잠든 아기
허리에 두른 끈 문고리에 묶어 놓아
엉금엉금 기면서 엄마 부르며
이리 왔다, 저리 갔다, 얼마나 울었을까?
눈물 콧물 범벅된 얼굴에
파리 한 마리
앉았다 날아가고.

소문

　쩌그 언덕배기 사는 창평댁이 병원에 갔다는구만. 저런, 젊은 과부댁이 어디가 아프다요? 아, 글씨, 헛구역질이 심해져 수술을 받았다고 하드라고. 시상에, 수술까정 받았다고라? 그려, 의사가 수술해서 뱃속에 든 배암을 꺼내자 헛구역질이 멈췄다데. 오매, 이것이 먼 일이당가, 어찌께 뱃속으로 배암이 다 들어갔다요? 그게 말이시. 냇가에서 빨래하다가 목이 마릉께 냇물을 떠 마셨는디 그때 배암알을 같이 삼킨 것 같다고 하데. 아니, 배암이 물에다가도 알을 낳는다요? 아따, 지난번에 큰물 질 때 떠내려왔는갑제. 어쨌그나 헛구역질이 멈추었당께 다행이요잉.

밀밭

허 영감
펄펄 뛰었다.
아까운 밀밭 한 귀퉁이 뭉개졌다고
펄펄 뛰었다.

간밤에
어떤 연놈이
내 밀밭에서 지랄했느냐고
소리치며 투덜댔다.

그해 가을
단풍 곱게 물들 때
허 영감 딸내미 배가 불러와
부랴부랴
뒷집 영철이와 혼례를 올렸다.

놉

함평댁은 딸과 단둘이 살아
농사일에 놉을 얻으면, 제일 먼저
윗마을 사는 재덕이 득달같이 달려온다.
어무니, 어무니 살갑게 웃으며
힘든 일 마다하지 않고 도맡아 하면서도
일당은 받는지 마는지.
어디 농사일뿐이랴,
장맛비에 허물어진 담장을 고칠 때도
가을에 지붕을 새로 일 때도
일하는 폼새가 영락없이 이 집 머슴인데
또 새경은 받는지 마는지.
가만 보아하니
이 녀석 품앗이는, 분명히
이 집 딸내미 같은데
그러면 놉도 아니고 머슴도 아니고
그냥 데릴사위 아녀?

맏딸

못밥 이고 가는
엄마 따라 걷는다,
아홉 살 옥자.

한 줌 작은 등에 포대기 둘러
어린 막내 업고
한 손에 술 주전자 들고
세 살 경자 손을 잡고
여섯 살 미자 앞세우고

구불구불 걷는 논길에
단발머리
살랑
바람에 날린다.

딸자식

뒷집 영숙이가 중학교에 간다고?
아니, 살림살이 넉넉한 집도 아니잖어?
아들도 중학교에 못 보내는 집이 많은디
우리 동네 기집애 중 혼자 가는 거제?
십리 길 중학교가 너무 멀어 위험할 텐디
여자가 글자만 아는 것도 호강이제
공부하면 갈대밭에서 콩이라도 나온데?
시집가불먼 그만인 딸자식을
저렇게 애써 갈쳐서 어따가 쓸라나?
바쁜 농사일에 한 손이라도 보텔 것이제
아무리 놈의 집 일이라지만 답답해서, 원!

생감

삼식이 운다.
아랫배에 아무리 힘을 주어도
마려운 똥은 나오지 않고
똥구멍만 찢어질 듯 아파
뒷간에 앉아 삼식이 운다.

- 생감은 머 땜시 먹었냐?
나무라시는 아버지
윗동네 아무개는 생감을 먹고
나오지 않는 똥을
꼬챙이로 파냈단다.
배고파, 배가 고파 먹었는데
한 입만 베어 물어도
떫은맛 입안에 가득한 생감
배가 고파 몇 개나 따 먹었는데

한참을 울다가, 돌덩이 같은 똥 덩이
두어 개 떨구었다.

단수수

난 단수수가 좋았어.
긴 단수숫대 마디마디 꺾어서
입술 베일라
이빨로 조심조심 껍질 벗겨서
사근사근한 수수깡 막대
아삭아삭 씹으면
입안을 적시는
달콤한 물맛이 좋았어.
밥에 섞어 먹는 수수보다
삶아서 뜯어 먹는 옥수수보다
단물 배어나는 단수수가
나는 참 좋았어.

살강

부엌문 열고 들여다본다.
있다!
엄마의 손끝에서
깨끗하게 닦여진 그릇들이
가지런히 놓여있는 살강
그 한쪽에
봉긋이 덮여 있는 소쿠리

출출하지, 친구들과 뛰다 보면
그래서 살짝 빠져나왔지
소쿠리 가만히 들춰보면
하얀 사기그릇 안에
감자, 삶은 감자 한 알

한 입 베어 물면
들리는 듯, 엄마 목소리
배고프지? 어여 먹어라.

다리미질

숯불이
둥근 다리미 안에서 이글거릴 때
왼손으로 빨래 한쪽을 잡고
다리미 손잡이를 잡은
어머니의 오른손이 바쁘다.

마주 앉아 빨래를 잡아주는
어린 나는
팽팽하게 당겨야 하는 힘의 균형을
어머니와 맞추기가 힘들어
수시로 걱정을 듣는데

너무 뜨거워진 다리미 밑을
옆에 놓인 대얏물에 잠깐 담그면
치직! 소리와 함께 솟는 김
깔아놓은 수건에
두어 번 문질러진 다리미가
다시 옷감 위를 스친다.

그렇게
어머니의 손길 따라
옷감 주름이 펴지고
집안의 주름살 또한 펴지고

할 일을 마친 숯불이
하얗게 사위어질 때
어머니 이마에
송글송글
맺히는 땀방울.

유기

놋그릇을 닦는다.
짚을 구겨 만든 수세미에
곱게 빻은 기와 가루 묻혀서
이마에 땀방울 맺히도록
문지르고 또 문지른다.

조상님 제사가 벌모레
벽장의 궤짝 속에서 잠자던
놋그릇들이
마당에 펼쳐 놓은 멍석 위에서
녹 벗을 순서를 기다리고

놋그릇 닦으며
마음도 함께 닦아
마음만큼 깨끗해진 놋그릇 표면에
야윈 얼굴이 비친다.

제사를 모시고 나면
그 귀한 놋그릇은
다시
벽장 속 궤짝으로 들어가고

이제
섣달 하순이 되면
설날 차례를 지내기 위해
또 정성스레 놋그릇을 닦을 것인즉
비나니 조상님
음덕일랑 흠뻑 주소서.

제삿날

부엌 앞 장광 옆
큼직한 돌덩이들 그 위에
가마솥 뚜껑 뒤집어 놓고
불을 때며, 엄마는 전을 지진다.
고소한 그 냄새
눈치 보며 가만가만 다가서면
- 저리 가그라, 부정 탄다.
그러나 피어나는 고기 냄새는
어린 발걸음을 묶어 놓아
마당 한 바퀴 돌고 들여다보고
또 한 바퀴 돌고 들여다보고
엄마는 일부러 그러셨을까?
전 한 귀퉁이 떨어졌는지, 떼어냈는지
젓가락으로 얼른 집어 입에 넣어주신다.
그 맛
돌아가신 할아버지 덕분에
모처럼 먹어보는
고기전.

조리질

우두둑!
돌 씹는 소리
커지는 아버지 눈
졸아드는 식구들 가슴
- 내가 조리질했어라.
말문을 미리 막는 어머니.

한 알 두 알
정성 다해 쌀을 일어도
근심 같은 돌멩이는
누구의 밥 속에나 들어 있어
하루하루 흘리는 땀방울 속에도
돌멩이 같은 근심이
어찌 씹히지 않으랴.

밥상머리 둘러앉은 식구들
숟가락 젓가락 바쁜 아침.

돌아오는 길

길섶에 풀꽃들이
웃고 있었다.

순이도 같이 앉아
웃어주다가

해찰하지 말거라
엄마 재촉에

아쉬운 마음 안고
일어서 올 때

서산마루 해님도
웃어주었다.

옛이야기

문밖에 서성대는
스산한 바람

등잔불 소리 없이
흔들리는데

엄마가 들려주는
슬픈 전설에

어린 딸 맑은 눈에
눈물 고이면

문풍지 따라 운다
추운 겨울밤.

산그늘

메뚜기 잡으려다
풀무치를 만났네

풀무치 쫓아가다
산새알을 보았네

어미 새
걱정할까 봐
못 본 척 돌아섰네.

2부

정월 대보름

왼새끼

겨울밤
사랑방 호롱불 아래
수길이 새끼 꼰다.
옹이 박힌 손가락으로
북데기 훑어내고
깨끗해진 볏짚 가지런히 모아서
정성스레 손을 비벼 왼새끼 꼰다.
왼손은 밖으로,
오른손은 안으로 비벼가며
왼새끼 꼰다.
망태 만들고, 도롱이 만들 때는
오른새끼를 꼬았었지.
안방에 곤히 자는 만삭인 아내
순산하기 바라면서
사립문에 걸쳐놓을 금줄 만드는
왼새끼 꼰다.
부엉이 소리
뒷산에서 우는지.

봄 노래 1

산비탈 움막집에
새살림을 차렸다.

새경 없는 머슴살이
칠 년 만에 장가들어

딸부잣집 주인댁
셋째 딸 데려다가

칠복이 괭이 들고
복순이 호미 들어

움막집 옆 자갈밭
땅뙈기를 일군다.

먼 산 수풀 사이
뻐꾸기 노랫소리.

봄 노래 2

보릿고개 깔딱고개
긴긴 하루해

작년 농사 흉년에
식량 떨어져

송기 벗겨 절구 찧어
으깨어 놓고

찹쌀 대신 멥쌀 대신
쑥을 버무려

밥 대신 죽 대신
몇 날 먹더니

칠득이네 식구들
부황이 났다.

여치 집

앞산 풀밭 속 여치 울음
그 소리 듣기 좋아
여치
재빨리 잡아 왔네.

삼촌이 밀짚 엮어
만들어준 여치 집
추녀 밑에 달아놓고
들었네, 여치 울음.

혼자 우는 여치 울음
그 소리 쓸쓸하여
싱그러운 풀밭에
여치
도로 놓아주었네
- 그래, 여기가 네 집이야.

달걀

꼬꼬댁 꼬꼬꼬꼬
급한 듯 암탉 울음소리
아! 알을 낳았나 보다.

재빨리 둥지에서 꺼내든 달걀은
따뜻한 감촉이 참 좋은데
구구구구
자꾸만 내 주위를 맴도는
암탉의 낮은 울음
그래, 너도 어미일진대!

톡, 깨서
입안에 털어 넣으려다
어쩐지 미안해서
어미 닭 보란 듯이
달걀
둥지 안에 도로 놓고 나왔다.

번데기

번데기는 참말로 고소했었지.
받침돌 안에서 장작불 타오르면
받혀진 냄비 속에서 펄펄 끓는 물
물결 따라 춤추는 하얀 누에고치
고치에서 뽑힌 실이 물레에 감길 때
할머니는 긴 젓가락 들고
끓는 물 속에서
번데기 건져 내어 내게 주었지.

오늘은 노점에서 번데기를 샀어.
고소했던
그 번데기 맛을 느끼고 싶어서
아니, 사실은
우리 할머니가 보고 싶어서.

느라죽

손가락으로 잡기 좋게
Y자 나뭇가지를
낫으로 자르고 칼로 다듬고
고무줄 연결하여
삼촌이 만들어 준 느라죽.

신이 난 영철이
고무줄 가운데에 공깃돌 끼워
힘껏 당겼다 놓았는데
나뭇가지 앉았던 참새는 날아가고
빗나간 돌멩이는
물 길어 오는 뒷집 아줌마
물동이를 맞췄다네.

그 물동이 깨졌냐고?
묻지 마, 그런 건.

내더위

- 영식아.
- 응?
- 내더위!
팔았다, 내더위
내더위
남에게 팔아버려서
올여름 내내
시원할 거야, 더위 먹지 않고
약이 오른 영식이 더위 팔려고
- 수철아, 미숙아.
만나는 대로 이름 불러도
눈치만 보며 대꾸가 없네
정월대보름 아침 해 뜨기 전에
더위를 팔아야 한다는데
마음 급해진 영식이
불안한 마음 애써 감추며
- 준성아.
- 응?

- 내더위!
나도 팔았다, 내더위
좋아하는 영식이 보고 준성이 웃는다.
- 야, 아까 해 떠부렀어.

일 년에 딱 하루
그렇게 더위를 파는 일이
나이 들수록 뜸해지더니
요즘엔 아무도 더위를 팔지 않더라.
아마도
선풍기며 에어컨 때문에
여름 더위 걱정이 없어져서 그런가 봐.

개떡

맘에 들지 않으면
왜
개떡 같다고 하지?

보릿거 입안에 까칠해도

어릴 적
배고플 때
그렇게
맛있게
그렇게
고맙게 먹었었는데.

떡살

우리나라에는
세계 최초인 것들이 많아.
금속활자를 구텐베르크보다
200년이나 앞서 만든 것은
익히 아는 사실인데
그것도 알아?
콜더가 모빌을 만들기 훨씬 전부터
우리나라에는 이미
아주 멋진, 풍경이라는
움직이는 조각이 있었지.
떡살도 마찬가지야
판화라는 이름만 달지 않았을 뿐
우리는 나무나 도자기에 새긴 문양을
떡에 찍어 먹었어.
보기 좋은 떡이 먹기도 좋다고
우리는 그렇게, 참 오래전부터
먹거리에도 미술을 녹여냈었어.

맷돌가(歌)

돌리고자 돌리고자
둥근 맷돌 돌리고자
암쇠 수쇠 끼워 맞춰
둥글둥글 돌리고자
팥도 갈고 콩도 갈아
고운 가루 받아내어
밥도 짓고 떡 만들어
맛있게들 먹고지고.

살고지고 살고지고
둥근 세상 살고지고
고운 내님 얼싸안고
둥글둥글 살고지고
맺힌 설움 응어리들
곱게 갈아 삭여내어
사랑 쌓고 정을 쌓아
알콩달콩 살고지고.

용전댁 할머니

용전마을에서 태어나
용전마을에서 자라서
용전마을 총각에게 시집가
용전마을에서 살다가
용전마을에서 돌아가셨다.

다른 마을엔
한 번도 가본 적이 없느냐고
생전에 물었더니
용전댁 할머니 펄쩍 뛰었다.
- 읍내 장에 몇 번이나 가봤는디!

옻

언제 스쳤을까?
옻나무는 만지지도 않았는데
영식이 목에 벌겋게 옻이 올랐다.

삼촌 따라 논두렁으로 가서
똥 누고
그 똥을 목에 발랐다.

왼손으로 코 막고
오른손 검지로 살짝 찍어 발랐더니
삼촌이 말했다.
- 이놈아. 듬뿍 발라.
칼에 베이면 된장 바르고
옻이 오르면 똥을 발라야 한다는
삼촌 말 듣고
옻 오른 목 언저리에
영식이는 자기 똥을 듬뿍 발랐다.

며칠 후

옻은 가라앉았고

삼촌이 말했다.

- 것 봐. 내 말이 맞제?

…그런가?

이발

모처럼 마을로 이발사가 왔다.
공터에 의자 하나 놓이고
아이들 줄 서서 기다린다.
영자도 단발머리
미자도 단발머리
빗으로 빗어 내린 머리를
귀밑으로 반듯하게
가위로 싹둑싹둑 자르고
솔로 목덜미 쓱쓱 털어내면
계집애들 이발 끝.
머시매들 머리는
바리캉으로 빡빡 미는데
가끔씩 머리털도 뽑히는지
영식이 찡그리며 목을 움츠리고
기계총 허연 상필이 머리는
맨 나중에 밀었다.

합수통

방죽에서 물장난치는 상덕이.
동네 아재 지나가다 한마디 한다.
- 이놈아. 먼 일로 옷 입고 목간하냐?
상덕이 암 말 않고 씩 웃는다.

뒷간에 쭈그려 앉아 끙! 힘을 주는데
퐁당! 똥덩이 떨어지면서
합수통 물이 튀어 올랐다.
엉덩이도 젖고 바지도 젖어
지푸라기 말아서 아무리 닦아도
아! 코를 찌르는 삭은 똥 냄새

집 앞 방죽에서
목욕인지, 빨래인지
합수 냄새 없애려고 물장난치는데
아재가 묻는다고 대답하겠어?
그냥,
웃을 수밖에.

미꾸라지

맑은 물 흐르는 앞개울에는
싱그러운 물풀이 살랑거리고
피라미도 살고
물방개도 살고
미꾸라지도 살았다.

날마다
개울물에 발 담그고 놀던 민식이
오늘은
통통한 미꾸라지 한 마리 잡아
검정 고무신에 담아서
집으로 간다.

다섯 살이 넘어서도
입가에 침 흘리는 동생에게 먹이려고
이리저리 빠져나가는 통통한 미꾸라지
두 손으로 얼른 잡아 고무신에 넣었다.

아이들이 자꾸 침을 흘릴 때
미꾸라지 구워 먹이면 낫는다고 하더라.
고무신 한 짝 발에 신고
또 한 짝 두 손으로 받쳐 들고
집으로 향하는 민식이
절로 나오는 콧노래.

미영다래

미영꽃 진 자리에
미영다래 맺혔다.
밭일하는 엄마 몰래
푸른 껍질 벗겨내고
촉촉한 속살
허기진 입에 물면
입안 가득 흘러드는
달짝지근한 물, 그 맛.

예쁜 우리 누나
내년 봄 시집갈 때
새색시 혼숫감으로
가지고 갈 솜이불
목화송이 하얗게
부풀어 오르라고
또 따먹고 싶은 맘
애써 달래 보는.

가슴의 피*

해남댁은
언제나 웃고 살았는데.
시어머니 구박에도 속없는 듯
남편 투정에도 속 넓은 듯
그렇게 웃고만 살았는데.
언제부터
가슴이 아파
가슴이 아파 병원에 갔더니
어째서
의사 선생님은
아무런 병도 없다고 한다.
가슴이 아픈데
항상 웃고 살았어도
이렇게, 찢어질 듯
가슴이 아픈데…

* 가슴의 피 - 화병(火病)을 일컫는 말

등잔불

성냥을 그어
석유 등잔에 불을 붙인다.
새끼손톱만 한 불꽃이
심지 위로 살며시 고개 내밀면
방 안 가득하던 어둠은
한 발짝 물러서고

어슴푸레한 그 공간에서
바느질하시는
어머니 손목이 가냘프다.

가끔씩
꺼질 듯 흔들리는
가녀린 불꽃은
그러나 말없이
자신의 영역을 밝히며
긴 밤을 새우고

어머니는
저 가는 손으로
물 길어 밥을 짓고
호미 들어 밭을 매고
빨랫방망이 두드리며
어린 자식들의 삶을
등불처럼 지켜간다.

밤은
얼마나 깊었을까?
바느질 끝나 등잔불 끄고
비로소 눕는
어머니의 고단한 몸을
가만히 덮어오는
어둠, 그 고요함.

정월 대보름

둥근 달 하늘 높아
정월도 대보름날
달빛은 차별 없이
천지를 고루 비춰
가난한
울타리 안에도
마음 환한 대보름.

힘든 날 견뎌내면
오리니, 웃는 그날
오곡밥 나물마다
정성을 차려 놓고
간절한
소원을 실어
손 모으는 사람들.

3부

장
마
철

바지

형아의 짧은 바지
올봄에 물려받았다.

넓은 바지춤 가슴까지 올려서
헝겊 허리띠로 질끈 동여매도
친구들과 뛰놀다 보면
접어 올린 바지 끝
어느새 풀어져 내려
땅바닥에 끌리는 동수 바지

언제쯤
형아만큼 키가 커지면
이 바지, 또
동생에게 물려주려나?

콧물

훌쩍일 때마다
콧구멍을 들락거리는
생굴 같은 콧물

입술까지 흘러내리면
혀 내밀어 핥아먹다가
왼팔로 쓱
오른팔로 쓱
하도 문질러
번질거리는 옷소매

말라붙은 콧물
파리한 얼굴이
찬바람에 튼다.

낫질

낫질하다가 손을 베었다.

아침 일찍 망태 메고 들로 나갔다. 풀잎 이슬이 발등을
적시며 흘러내려 고무신이 미끈덕거린다. 논둑에 쭈그려
앉아 꼴을 베는데 중학교 가는 진수가 저만치에서 손 흔
들며 웃는다.

아침 햇살에 새 교복이 눈부시다.

덕칠이도 마주 보며 웃어주다가 그만 베이고 말았다. 피
가 방울방울 솟는 왼손 엄지를 입에 물고 다 못 찬 꼴망태
메고 집으로 왔다.

상처에 된장 바르고, 헝겊으로 감으며
덕칠이 운다.
낫에 베인 손가락보다
웃음에 베인 마음이 더 아파서.

일기

아궁이 앞에 앉아
일기장을 태운다.

짚불 위에 얹어 놓은 일기장은
한 장
한 장
하얀 재로 변하는데
그 사람
그 추억도
일기장에 털어놓은
속마음과 함께
하얀 재로 사위어질까?
흐르는 한 줄기
눈물 따라서
가슴 속 응어리도
흘러내릴까?
흘러내려
흔적 없이 씻어질까?

사주단자 받아보고
혼인날이 잡힌 오늘
순영이의 지난날이
불꽃 속에 타고 있다.

추석

고향길은 멀었다.

미어터질 듯 손님을 싣고 울퉁불퉁 신작로 황톳길을 헉
헉대며 기어가는 완행버스 뒤범퍼 위에 발만 겨우 올려놓
고 버스 유리창에 거머리처럼 달라붙은 고향이 그리운 사
람들이 바퀴가 일으키는 흙먼지를 고스란히 뒤집어쓰고
있다.

탈 자리가 없었을까,
차비가 없었을까?

하기야
연선이는 추석을 쇠려고
친정까지 걸어서 갔다더라,
사흘 걸려서.

장남

아나, 여그 새 학기 등록금하고 하숙비 받그라. 야, 엄니 고맙구만이라. 내가 고맙냐? 둘째하고 싯째가 뼈 빠지게 농사일해서 모은 돈잉께 갸들한테 고맙다고 해야제. 야, 내가 그리 말할라요. 근디 금순이 소식은 모르요? 글씨, 지난 설에 왔웅께 인자 추석 때나 안 오것냐? 편지도 없고 라? 없어야. 초등학교 마쳤으면 글자는 쓸지 알 것인디 아마도 식모 일이 바쁜 모양이제. 중학교까지는 보냈어야 했는디. 아따, 너 하나 갈치기도 힘들어야. 포로시 등록금이나 때 맞춰 마련할지 말지 하는 우리 형편 아닌갑네. 글고 여자는 시집가불면 놈의 집 사람인디 더 갈쳐서 머 한다냐? 공부는 너만 잘하면 되는 거여. 장남인 니가 잘 되아야 우리 집안이 일어나제. 안 그냐? 야, 내가 대학교만 졸업하면 언능 자리잡을라요. 그래야제. 내일 서울 갈라믄 일찍 인나야제. 그만, 가서 자그라.

배구

공을 만들었다.

지린내 풀풀 나는
돼지 오줌보에 밀짚을 꽂아
후후, 바람 불어 넣어
둥글게 부풀면, 실로 꼭꼭
바람구멍 감아 묶어
공을 만들었다.

윗마을
박영감 회갑 잔치 때
온 동네 떠들썩하니
돼지 한 마리 잡았는데
고기야
잔칫날 다 먹고 없어졌지만
돼지 오줌보는
공이 되어 남았다.

동네 머시매들 마당에 모여
빨랫줄 사이에 두고
손으로 오줌보 쳐서 넘기며
배구를 한다.
세게 치면 터질까 봐
살살 넘기며 배구를 한다.
그게 무슨 배구냐고?
배구지.
아니면, 축구라고 하리?

소 1

"이랴" 하면 이리 가고
"저랴" 하면 저리 가고
"워워" 하면 멈추고

소귀에 경 읽기라고
누가 그랬나?

농부의 말을
저렇게 잘 듣잖아?

소 2

산비탈 자갈밭
갈아엎는데
쟁기 끄는 누렁이
멈추어 선다.
이랴 끌끌 독촉해도
꿈적도 안 해
곡괭이 집어 들고
땅을 파보니
커다란 돌덩이
땅속에 박혀 있어
하마터면
보습날 상할 뻔했다.

누렁아,
네가 나보다 낫구나!

밀주 단속

농주 한 사발이
무슨 니나노 술판이더냐? 아니면,
일하다 마시는 한 잔 술이
엄청난 사치요 낭비란 말이냐?
논갈이 밭갈이 괭이질 삽질에
허리는 끊어지고
입에서는 쇳내가 풀풀 나는데
진 빠진 몸뚱이 추슬러주는
쌀로 빚은 막걸리 한 잔이
어찌하여 죄가 된다는 말이냐?
누군들 쌀 아까운 줄 몰라서
술밥 찌고 누룩 섞어
애써 술을 담그는 줄 아느냐?
마시면 골치가 지끈거리는
양조장 막걸리 따위를
어디 감히 농주와 비교한단 말이냐?
솔직히, 양조장 술을 팔아
세금 더 걷으려는 수작 아니냐?

할 말은 많다만 우선 급한 건
뒤져도 찾지 못할 깊숙한 곳에
술독 감추고,
시치미 뚝 떼는 것.
방이며 광이며 장독대까지
샅샅이 뒤져보던 단속반 돌아가면
비로소 풀어지는
팽팽한 긴장감
해 저무는 마을에 저녁연기
부드럽게 피어오른다.

머시매

가시내
빨래터에 앉았으면
빨래나 할 일이지
왜 날 보고 씩 웃었을까?
또닥이는 방망이 소리보다
내 가슴은 더 크게 뛰는데
맑은 물에 빨랫감 휘휘 헹굴 때
내 마음도 따라서 헝클어지는데
빨랫감 꼭꼭 돌려 짜면서
내 마음도 이렇게 쥐어 짜놓고는
주섬주섬 빨랫감 주워 담고
쌩하니 찬바람 도는 몸짓으로
요렇게 꼬나보며
아무 말 없이 지나치는
그리고 몇 달 후에
휙 하니
시집가 버린
가시내.

가시내

머시매
빨래터에 앉아 웃어주면
뭐라 한마디쯤 해 줄 것이지
콩닥거리는 가슴 숨기려
방망이질해 대는데
휘휘 헹구어지는 빨랫감마냥
이리저리 흔들리는 마음을
빨랫감 쥐어짜듯 꼭꼭
간신히 다잡는데도
아무 생각 없는 듯
멍한 그 얼굴에 화가 나서
내 마음 주섬주섬 담아 챙기며
야속한 눈길 보낼 수밖에
몇 달만 지나면
아버지 말씀 따라
시집가는 줄도 모르는
바보 같은
머시매.

거머리

- 엄마야!
언제 붙었을까?
모내기하던 경자 장딴지에
시커먼 거머리.

옆에서 모를 심던 정수
재빨리
두 손으로 흙무더기 움켜 떠서
경자의 장딴지를 훑는다.

거머리는 떨어져 나가고
경자가 고맙다며 생긋 웃어주는데
그 눈길에
머릿속이 하얘지는 정수는
문득
거머리가 되는 꿈을 꾸어본다.

도리깨질

도리깨 자루 잡고
힘껏 내리쳤다가
자루 끝을 땅에 박아
도리깨만 망가졌다.

- 아서라.
할아버지 혀를 차시며
혼자 콩을 터시는데
위잉 탁, 위잉 탁
잘도 도는 도리깨.

도리깨질이 그렇게,
힘으로만 되는 것이 아니었던 것을
살아가는 일이 이렇게,
생각대로 되는 것이 아닌 것을.

피사리

사흘에
피죽 한 그릇 못 얻어먹었느냐는
속담을 보면, 옛날에는
분명 곡식이었을 피를
벼농사에 해로운 잡초라 하여
보이는 대로 뽑아낸다.

피죽은 가난한 사람들이 먹었겠지
지금 이렇게
일삼아 피를 뽑아내는 것을 보면
이제는
그만큼 먹고살 만해진 것일까?

맞아
보릿고개 없어진 지가 언제인데
어떻게 하면 살이 빠질까
기를 쓰는 사람들이 많은 요즈음인데

참
누구는 피죽을
건강식으로 만들어 먹는다더라
그 사람들은 피농사를 지으며
피 사이에 벼가 섞여 자라면
벼사리를 할까?

떡 1

참말로 모처럼 온 식구 둘러앉아
이불 밑으로 다리 뻗고
떡 그릇 이불 위에 올려놓고
막내 돌떡을 먹고 있었어.

왜, 하필이면 꼭 이럴 때
기철이는 마실오는 거야?
헛기침 소리에, 재빨리
떡 그릇
이불 밑에 감추었는데
보았을까?
어째 찜찜한데
차라리 감추지 말 걸 그랬나?
같이 먹자고 했으면 그만인데
생각보다 손이 먼저 움직이더라고
할 수 없지, 뭐
설마
떡 먹다가 숨긴 줄이야 알겠어?

떡 2

늘 그랬던 것처럼
헛기침 한 번 하고, 문고리 잡고
안방 문을 열었지
어라?
오늘따라 웬일인지
온 식구 빙하니 둘러앉아서
나를 빤히 쳐다보더라고.

그래서
얼른 문 닫고 돌아서서 왔지.
어쩐지 민망하데
떡 그릇은
이불 밑에 잘 감춘 것 같은데
석봉이 입가에는 미처 닦지 못한
떡고물이 묻어 있었거든
아무래도
괜히 마실 갔나 싶더라고.

통일벼

통일은
무엇보다 우선되는
우리 민족의 염원이어서
새로 만든 벼 품종에도
통일벼란 이름을 붙였을까?

어쩌면
배고픔을 벗어나고픈 욕망 또한
그토록 간절해서
수확량이 획기적으로 늘어난
새 품종에 그런 이름을 붙였을까?

우리나라의 식량부족이 해결될 거라고
통일벼 예찬론을 늘어놓는 선생님께
통일벼로 지은 밥은 맛이 없다고 했다가
호되게 꾸지람을 들었다.
지금 우리가 입맛 따질 때냐고.

종오벼

마을 사람들을 대표해서
읍내에 심부름 간 종오가
한 해 농사지을 볍씨를 사왔다.
낟알도 튼실하고
맛도 좋은 볍씨라는데
정작 종자 이름이 무엇인지
묻지 않고 그냥 왔단다.
맹한 종오 탓은 해서 무엇하랴
심부름시킨 사람들이 잘못이지
그냥 종오벼라고 이름 짓고
볍씨 뿌리고 모내기를 했는데
그해 가을 대풍이 들었다.
마을 사람들 기뻐하며
다음 해 또 같은 벼를 심고자 했으나
볍씨 파는 사람이 종오벼를 몰라서
그 좋은 종오벼는
한 해만 심고 말았다.

장마철

눅눅한 세간살이
곰팡이 핀 묵은 벽지

논골의 벼 이삭들
얼마나 여물는지

개일 듯
이어지는 비
야윈 가슴 시름처럼.

4부

오시

(午時)

간판

초등학교 1학년 때
전학 온 도시에는
거리마다
사람들도 많고
높은 2층집도 많고
상점들도 많고

한 간판에 써진 글이
"관발이호경"
이게 무슨 뜻일까?
가만히 다가가 들여다보니
아!
알겠다.
그런데 간판 글씨를
왜 거꾸로 썼지?

전깃불

우리 집은 일반선
밤 아홉 시가 되면
전기가 나간다.

준비해 놓은 촛불을 켜면
30촉 백열등보다
훨씬 더 어두워진 불빛
그 불빛 속에서
나는 책을 읽고
엄마는 바느질하고

밤늦도록
불빛 환한 옆집은
특선 전깃불
전기세가 많이 나온다는데
아마도
엄청 부잣집인가 보다.

비 온 다음 날

교문에서 교실까지 멀기도 하다.

조심조심 발걸음 떼어가며
운동장 가로질러 걷는데
어젯밤 내린 비에
질퍽거리는 땅바닥
운동화에 황토가 범벅되어 붙는다.

군인 아저씨들 신는 군화보다
더 커진 운동화
계단 모서리에 신 바닥 문지르고
화단에서 꺾은 가는 가지로
신발 옆에 달라붙은 황토를 긁어낸다.

복도에도 신발장에도 노란 황토 자국
엄청 고생하겠다,
오늘 청소 당번은.

아버지

쌈박질 대장 영식이
오늘도 동네 아이들 잡아 팼다.
코피 터진 광수 데리고 와
광수 어머니 따지는데
영식이 아버지
막대기 찾아 들고 영식이 팬다.
저만치 담 뒤로 끌고 가서
개 패듯 팬다.
놀란 광수 어머니가 말릴 때까지
이놈의 자식 죽여버린다고
소리소리 지르며 팬다.
광수네 돌아가고
저녁 먹을 때
영식이 아버지 묻는다.
- 많이 아프냐?
아프기는
패는 시늉만 해 놓고는.

불량식품

저것 좀 봐
얼마나 예뻐?
좌판에 가지런히 놓여있는
투명한 삼각 비닐봉지 안에
빨강 파랑 노랑
저 물 색깔 말이야.
땡볕에, 흐르는 땀방울 훔치며
가만히 쭈그리고 앉아
어느 색을 고를까,
한참을 망설이다가
에라, 그냥 하나 집어서
비닐봉지 한쪽 끝을 이빨로
살짝
물어뜯는 순간,
입안으로 흘러드는
아,
시원한 그 물
달콤한 사카린 맛!

달고나

이번엔 성공할 것 같았어.

연탄불 위에 올려놓은 국자에
설탕과 소다를 섞어 만든 달고나
철판에 부어 납작하게 편 다음
문양판을 대고 가만히 눌러준다.

바삭하게 마른 과자에 콕 찍힌 무늬
그대로 떼어내어 아저씨에게 주면
공짜로 한 번 더 띠기를 할 수 있어
침까지 발라가며 조심조심 뜯는데
이번에도
아까처럼
또 그전처럼
톡! 끊어지는 가느다란 모가지
아이고 아까워라
한 번 더
할까, 말까?

만화방

가까웠지.
학교보다 가깝고 극장보다 가깝게
동네마다 있었거든.

쌌지.
푼돈으로 영화를 볼 수는 없어도
만화는 쉽게 볼 수 있었어.

재미있었지.
도서관에서 읽어 본 책에도 없는
여러 가지 이야기들이 담겨있었다고.

꿈나라였지.
좁은 만화방 허름한 벽에 기대앉아
만화, 그 꿈속으로 들어가곤 했었지.

달력

달력은
한 3년쯤 살았었지.

날짜와 요일을 알려주며
1년을
벽에 걸려 살았고
해가 바뀌면
책가위로 입혀져
하얀 뒷면에
국어, 산수 이름을 적은 채
책가방 속에서
또 1년을 살고
다시 새 학기가 되면
딱지로 접힌 달력은
아이들 손에서
장난감으로
얼마쯤 더 살았을까?

그렇게
빳빳하고 매끈한 종이에
사진도 아름다운
귀한 달력은
한 3년쯤 살았었지.

고물자

가난한 나라 사람들에게
미국사람들이 보내주었다는
고물자.

헌 물건이어서 고물(古物)자인가?
그러나 정작 어디에서도
쉽게 볼 수 없는 고물자.
물건은 볼 수 없어도
밀가루 포대에
미국 국기를 배경으로 그려진
악수하는 그림은
흔하게 볼 수 있었지.

부자나라에서
우리나라 돕는다고
보내주었다는
구, 호, 물, 자.

옷핀

엄마 따라 구경 간
구호물자 옷 매장 옷걸이에는
미국에서 보내온 커다란 옷들이
손님들을 불러 모으는데

구경하는 척
손을 넣어 본 호주머니 속에는
반짝이는 옷핀도 들어 있었다.

매장을 한 바퀴 둘러보고
태연한 척 나올 때면
땀 젖은 작은 손바닥엔
그 귀한 옷핀이
두어 개 쥐어져 있었다.

오징어

언제였을까?
학교 앞길 좌판에서
흔하게 사 먹던
오징어가
자취를 싹 감추었다.

일본으로 수출길이 열려서
우리가 먹을 것이 귀해졌다는데
암,
돈 벌어야지.
우리는
그런 것 안 먹어도 돼
우선 뭐든지 팔아
돈부터 벌어야지.
언젠가 잘살게 되면
그깟 오징어가 문제일까?
더 맛있는 것도
실컷 먹을 수 있을 거야.

그래,

돈 벌어야지.

여자들 머리카락도

잘라서

수출한다는데.

개사

배가 고파 그랬었겠지.
이태리 가곡 〈산타루치아〉를
개사해서 노랠 불렀었어.
"내 배는 살같이 바다를 지난다
산타루치아, 산타루치아"
네 배만 고프냐 내 배도 고프다
쌀 타러 가자, 쌀 타러 가자.
어린 맘에 웃으며 불렀었지만
어쩐지 씁쓸한 생각도 들었었어.

군가도 노랫말을 바꾸어 불렀었어.
"전우의 시체를 넘고 넘어"
전우의 시래깃국에 밥 말아 먹고서
참,
그토록 처절한 노랫말을
먹을 것으로 바꾸어 부를 만큼
다들 배가 고팠었던가 봐.

동요도 예외가 아니었어.

"나의 살던 고향은 꽃 피는 산골

그 속에서 놀던 때가 그립습니다."

그 아름다운 노랫말을

나의 살던 고향은 ○○ 형무소

꽁보리밥에 된장국이 그립습니다.

먹을 수만 있다면

형무소도 상관이 없었을까?

그래도 언제부턴가

"하늘나라 선녀님들이

하얀 가루 떡가루를" 뿌려준다는

동요 〈눈〉의 노랫말을

하늘나라 선녀님들이

송이송이 하얀 솜을 뿌려준다고

음악 교과서에서 바꾸어 준 것은

조금은

먹고 살 만해졌기 때문이 아니었을까?

순경 아저씨

순경 아저씨
사거리 한가운데 서서
교통정리 한다.

휘리릭!
명쾌한 호루라기 소리에 맞추어
하얀 장갑 낀 손이
앞으로
뒤로
왼쪽으로
오른쪽으로
절도 있게 움직이면
차들은
순경 아저씨 손짓에 따라
멈추기도 하고
가기도 하고
참 멋진 순경 아저씨.

순경 아저씨
사거리 한가운데
말뚝 세우고
새끼줄 둘러
지나가는 사람들 잡아
가두어 놓는다.

교통신호를 어긴 사람들
사거리 교도소에서
고개를 숙이기도 하고
멋쩍게 웃기도 하는데
지나가는 사람들에게
한참 동안 망신을 당하고 나면
풀려나곤 했다.
참 무서운 순경 아저씨.

헌병

저기
헌병이 걸어간다.
헌병이라고 쓰여 있는
헬멧 쓰고, 완장 차고
허리엔 권총과 방망이도 차고
꼿꼿한 자세로
씩씩하게 걸어간다.

잘못한 사람은
순경이 잡아가고
잘못한 군인은
저 헌병이 잡아간다는데
무섭지? 그치?
무섭긴
헌병을 잡아가는
엿장수가 더 무섭지, 히히.

공식

라면 한 개에 20원일 때
꽈배기 20원어치를 사면
서른아홉 개나 주었었는데
1원에 한 개
2원에 세 개
3원에 다섯 개
10원에 열아홉 개…
계산 나오지?
돈 액수에
2를 곱하고
1을 빼는 거야.

그래서
라면 한 개 값으로
꽈배기를 사면
온 식구 둘러앉아
맛있게들 먹었어.

첫 손님 1

에이, 재수 없어.
아침부터 이게 뭐야?
마수걸이 손님이라고 찾아와서는
이것저것 헤집고 뒤적거리다가
맘에 드는 물건이 없다고 그냥 가다니
아니,
내가 정말로 간절하게 말했잖아
손해 보고 팔 터이니
제발 하나만 사달라고
그런데도 그냥 가?
그래서 욕 좀 했다.
첫 손님 놓치면 그날 장사 망치는데
화 안 나게 생겼냐?
지가 잘한 게 뭐가 있다고
온갖 악담을 퍼붓고 가는 거야?
에이, 재수 없어.

첫 손님 2

에이, 재수 없어.
아침부터 이게 뭐야?
아무리 내가 마수걸이 손님이라지만
물건이 맘에 안 드는 걸 어떡하라고
그래서 미안하다고 말하고 나왔잖아.
나도 알아
첫 손님 놓치면
그날 장사 망친다는 말이 있다는 걸
그렇다고 뒤통수에 대고 욕을 해?
그래서 돌아서서 한마디 했다.
장사가 손해 보고 판다는 게
3대 거짓말 중에 하나라고
그따위 불손한 태도로 장사가 되겠냐고
아침부터 욕먹은 나도
오늘 재수 옴 붙었다고
에이, 재수 없어.

지게꾼

- 끙!
한 가닥 작대기에 의지해
온몸으로, 지게 위에 얹힌
바위 같은 짐짝 밀어 올리며
천천히 일어선다.

흔들리는 야윈 상체
후들거리는 가는 다리

버거워라, 목숨의 무게
식구들 배고픈 눈빛
그 짐 오롯이 짊어지고
오늘을
또 내일을 걸어가야만 하는
삶, 머나먼 길.

배추 뿌리

배추 뿌리가
맛있었지.

풍성한 배추포기 그 아래 붙어 있는
배추 뽑아 다듬을 때 싹둑 잘라버리는
무보다 당근보다 훨씬 더 조그만
매콤하면서도 비리지 않고 달콤한

어른 되어 술안주로 다시 먹어 본
어릴 적 고향길 밭 내음 가득한

배추 뿌리가
참 맛있었지.

오시 (午時)

맴돌던 왕잠자리
앉아 조는 바지랑대

따가운 여름 햇살
실바람도 잠든 마당

장독대
받침돌 아래
홀로 웃는 채송화.

5부

실개울

석쇠

프라이팬에 구웠다고?
그러니 '가을 전어'가 이리 맛이 없지.
배부른 소리가 아녀
그 옛날 석쇠로 굽던 전어 먹어 봤어?
연탄불 위에 올려놓은 석쇠를
요리조리 뒤집으면
기름기 자글자글하던 전어
툭툭 연탄불에 기름 튀는 소리
연기 냄새마저도 구수했었지.
어디 전어뿐이겠어?
석쇠 자국 거뭇거뭇한
갈치를 먹어 본 입맛이라면
프라이팬에 구운 건지, 튀긴 건지
어쩐지 느끼한 그게 맛이 있겠냐고.
편한 것이 꼭 좋은 것만은 아닌 것 같아
요즘에도
연탄불에 석쇠로 고기를 굽는 집이
있다고는 하더라만.

메주

주인공은 아니지
다들 못생겼다고 하니까
그래도
옛날, 그 옛날부터
훗날, 먼 훗날까지
간장으로
된장으로
우리의 입맛에 스며들도록
꼭 필요한 배역을 맡았어.
인기는 좋은데
사람들이 나를 가까이하지도 않아
냄새가 퀴퀴하거든.
나도 그러려니 하는데
결코 향기롭지 않은 내 냄새에
향수를 느끼는 사람들도
뜻밖에 많더라고.

둘째 딸

- 언니 말 잘 들어라.
언니한테 구박받고 울고 있으면
엄마는 언니 편만 들었다.

- 동생 잘 돌보거라.
동생이 떼를 쓰고 대들면
엄마는 동생 편만 들었다.

"첫 딸은 살림 밑천"이라고
"묻지 마라, 셋째 딸"이라고
엄마는 언니와 동생 편만 드는 걸까?

언니 동생 사이에서
이리저리 차이는
둘째 딸한테는 붙여줄 말이 없나?

잉크

누가 짐작이나 했겠어?
앞 녀석이 뒤돌아보며
팔꿈치를 돌려버릴 줄을

칠판 가득, 선생님께서
분필로 판서해 놓은 글씨들을
잉크병에 콕콕 펜을 찍어가며
열심히 보고 적는데, 팔꿈치로
탁!
쳐버릴 줄을

아이코!
엎어져 버린 잉크병

책도 공책도 엉망이 되었는데
나는 그나마 다행이지
어쩔거나,
잉크가 바지에 쏟아진 내 짝꿍은.

영어

에이 비 씨
인쇄체, 필기체, 대문자, 소문자.
4선이 그려진 영어 공책에
잉크를 찍은 펜으로 그리듯 썼었지.
중학교에 들어가
그렇게 영어를 배우기 시작했는데
고등학교, 대학교를 졸업해도
노랑머리 코쟁이를 만나면
입이 얼어붙어 한마디도 못했어.

그런데 요즈음엔
초등학교 때부터 영어회화를 배운다고?
시절 참 좋다.
그래서 요새 아이들은
그렇게 영어를 곧잘 하는구나.
그래도 잊지 말자, 얘들아
우리말과 우리 글이
세상에서 제일 아름답다는 사실을.

개근상

그 옛날 학교에서는
공부 잘해 받는 우등상보다
결석 한 번 하지 않은 개근상이
더 값지다고 했었는데
사람에게 더욱 중요한 것은
좋은 머리보다
성실한 자세라고 했었는데

우등상도 개근상도
없어진 지금
머리 좋은 사람을 뽑는 시험은
많고 많지만
그래도, 세상을 살아가는 데
성실한 자세는
여전히
아주 중요한 덕목이 아닐까요?

로고송?

1반 여러분
2제부터
3○○을
4용하시려거든
5그라진 냄비에
6그램의 스프를 넣고
7칠이 끓이지 마시고
8팔이 끓여서
9수하게 잡수신 후
10원짜리 두 장만 내시면 됩니다.

그 옛날에
애들이 부르고 다녔었는데
그럴듯하지 않아?

임검석

극장마다
임검석이 있었다.
극장 양쪽 뒷 출입문 들어서면
뒷벽 한가운데 조금 높게 위치한
그 자리는 항상 비어있었다.
관람석이 가득 차고
좌석 뒤쪽에서 많은 관객이
서서 영화를 관람할 때도
임검석에 앉는 사람은 없었다.
일제강점기 때 순사들이
공연 내용을 감시했던 자리라고?
지금 해방된 지가 언제인데
아직도 감시할 무엇이 있나?
어둠 속에서 어슴푸레 보이는
임검석
그 글씨가 어쩐지
조금 무서워 보였다.

이류극장

동시 상영하는 동방극장에서는
한 번 입장하면
영화를 두 편이나 볼 수 있었지.
새 영화 개봉하는 제일극장보다
관람료도 반값밖에 되지 않으니
이 얼마나 싸고 좋은가 말이다.
상영시간 중간, 중간
필름 좀 끊어지면 어때서
다시 이어지는 그새를 못 참고
휘익, 휙-! 휘파람 불어대는
저 진득하지 못한 사람들
이런 게 불만이면
비싼 돈 주고 일류극장 가던가.

기도

　정말로 어쩌다 한 번 기도 아저씨가 자리를 비운 사이 극장 안으로 재빨리 숨어들어 공짜로 본 그 영화는 진짜로 재미있었다.

　입장할 때 표를 받던 기도 아저씨가 입장객이 다 들어간 다음 아마도 화장실에 가는 눈치이면 그때를 놓치지 말아야 하는 거야.

　영화 시작한 지는 한참 된 것 같은데 그런 건 문제도 아니야. 영화 끝나고 관객들이 나갈 때 그대로 앉아 있다가 다음에 시작하는 프로 처음부터 보면 되거든.

난로

장작을 품고 태워가며
교실을 덥혀주는 무쇠 난로 위에
차곡차곡 쌓여 있는 양은 도시락.

위아래 도시락을 바꾸어가며
난로의 온기를 골고루 나누기도 하고
날에 따라 순번을 정해
도시락을 교대로 올리기도 하며
점심시간이면
도란도란 꽃이 피는 이야기 속에
우리의 학창 시절
겨울은 그렇게 따뜻했다네.

전당포

시계를 찾았다.
맡긴 지 한 달 만에
빌린 돈 천 원에
이자를 백 원이나 붙여주고
돌려받았다.

또 언제
돈이 아쉬울 때
이 시계는
어느 전당포에 맡겨지겠지.

나와 전당포 사이를
왔다 갔다 하는 시계
주인이
나인가, 전당포인가?

소고기

혼·분식 장려하는 강사가
선생님들 상대로 강의를 했다.

쌀밥은 몸에 해롭다고
보리밥 먹으라는 말까지는 참았다.

소고기도 해롭다고
조금만 먹으라는 말에
선생님 한 분이 질문했다.
- 소고기가 뭡니까?

생일날에도 구경하기 힘든데
있어야 조금만 먹든지 말든지 하지
그 소고기.

나라가 참 가난했던 시절.

솔방울

아이들을 데리고 산으로 갔다.

늦가을
야트막한 학교 뒷산
소나무 아래 여기저기
흩어져 있는 솔방울들

아이들은
고사리손으로 솔방울을 주워
가지고 간 양동이에 담는다.

수업 시간에
공부 대신 일을 하러 왔는데
소풍이라도 온 양
재잘재잘 장난도 치며
솔방울을 주워 담는다.

다가올 겨울에
교실의 난로 안에서
아이들의 언 손을 녹여줄
솔방울들

이번 겨울에도 역시
땔감이 부족해
이렇게 솔방울까지 주워야 하나?
나는
아이들이 안쓰러운데

모처럼의 야외활동이
마냥 즐거운 듯 웃고 떠들며
솔방울 줍는 아이들
그 해맑은 얼굴에
가을 햇살이 따사롭다.

초상집 풍경

마당의 넓이만큼
쳐 있는 차일
멍석 위에 놓인 상마다
문상객들로 북적인다.
상주에게 조의를 표하고
빈자리 찾아 앉는데
얼마나 오래 자리를 지켰을까?
저렇게 혀가 꼬부라진 사람들은.

공짜 밥 좀 얻어먹으려
어쩌다 문상객 틈에 묻어오는
망자와 상관없는 사람이라 해도
그저 고마울 뿐이지
굳이 무엇을 따지겠는가?
부엌에서 일을 돕는지 마는지
음식 좀 몰래 싸가는 아낙에게
눈치를 왜 주겠는가?

안방에서 간간이 들리는
곡소리는
당연히 슬프기도 하지만
어쩌면 저렇게도 리듬을 잘 타는지
그래, 아주 옛날에는 이런 날에
곡소리 잘하는 사람을
시간제로 고용하기도 했다더라.

오늘은
상주를 위로한답시고
함께 밤을 새워 주는 일이
공식적으로 허락된 날.
그 임무 수행을 위해
저쪽 멍석에 둘러앉은 사람들이
모두 다 기대 섞인 표정으로
화투짝을 들여다보고 있다.

4차

언제는 안 그랬나?
항상 처음에는
간단히 한잔만 하자고 하지.

2차까지는 좋다 그거야.
어울렸던 친구들 절반 넘게 돌아가고
3차 술자리에선 술이 술을 먹는지
꼭 주사 끝에 시비 붙는 인간들
억지로 떼어 집으로 보내고 나면,

지금 몇 시인지도 잘 모르는 채,
어째서 4차는
두어 명 남은 친구들을
기어코 자기 집으로 끌고 가
잠든 마누라 깨워서
술상 봐오라고
고래고래 소리치는,

저 친구
술 깨고 나면
성깔 사납다는 마누라한테
내일 또
바가지를 얼마나 긁힐는지.

소박

칠거지악을 아시나요?
시부모에게 공손하지 못하고
자식을 낳지 못하고
음탕하고
질투하고
나쁜 병이 있다거나
말썽 많고
도둑질하는 아내는
친정으로 내쫓았다지요.

살펴보면
해서는 안 될 일도 있지만
어이없는 대목이 많지 않아요?

그런데, 쫓아내다니
누가 누굴 쫓아내?
아니, 그런 시절도 있었나?
뭐, 부럽다는 말은 아니고…

말자(末字)의 전성시대

〈영자의 전성시대〉라는 영화가 있었습니다.
영화 제목으로도 등장할 만큼
옛날 우리나라에는
영자(英子)라는 이름이 그렇게 많았다네요.
그런데 그 시절
막내딸 이름만 놓고 보면
"말자(末字)의 전성시대"였던 것 같습니다.

말자, 말례, 말순, 막례, 종순이, 끝순이…
이렇듯 막내딸들에게서
'끝' 말(末)의 뜻을 가진 이름들을
흔히 볼 수 있었거든요.
그만 낳고 싶다는 '그만례'도
말자에 포함할 수 있겠네요.
아마도
막내딸 이름에 말자(末字)가 있는 집은
아들 하나 낳으려다 줄줄이 딸만 낳은
딸부잣집이었을 겁니다.

마지막 손님

저녁을 차려 먹고 시장으로 갔다.
식사는 어떻게 하셨을까?
반찬가게 좁은 통로에서 어머니는
밝은 미소로 손님들을 맞고 계셨다.
내일이 설
시간이 흐르면서 손님이 뜸해진다.
지금쯤 모두들 정성껏
설날 아침 차례상을 준비하리라.
종일 어머니의 언 손을 녹였을
화덕의 연탄불은 아직도 조금 남아
우리는 마주 앉아 손을 쬐었다.
손님은 더는 오지 않고
밤은 이야기 속에 깊어 가는데
시간을 깨우듯
통행금지 예비 사이렌이 울린다.
때맞추어 연탄불도 사그라들어
이제는 문을 닫고 집으로 가기 위해
펼쳐 놓은 물건들을 정리하는 그 시간

헐레벌떡, 한 손님이 들어선다.
지금껏 문을 닫지 않은 상점이 있어
참으로 다행이다 싶은 얼굴로
이것저것 필요한 물건들을 고른다.
무슨 바쁜 일이 있었기에 이 손님은
이렇게 늦은 시각에야 내일 아침,
차례상에 올릴 물건들을 사러 왔을까?
뜻밖에도
제법 많은 양의 반찬을 더 팔 수 있어서
어머니 또한 더없이 고마운 표정으로
정성껏 물건을 포장해 건넨다.
이제 잠시 후면 설날인데
섣달그믐날 밤 마지막 손님과 우리는
서로 그렇게
축복처럼
반갑고 고마운 마음을 나누어 가졌다.

실개울

발목 찬 시린 물에
물방개 소금쟁이

세월 속 잊어버린
여울물 맑은 소리

눈 감아
다시 듣느니
젖어 드는 속가슴.

해
설

농촌 생활문화의 소환과 그 의미

- 김홍균 시집 『그런 시절 2-등잔불』의 시 세계

김관식(시인, 문학평론가)

1. 프롤로그

김홍균 시인은 다재다능하다. 대학원에서 회화를 전공하였고 작곡, 피아노 연주 등 음악적인 재능이 있는가 하면 문학 창작 분야에도 이미 수필, 시조, 동시를 창작하여 문집을 두 차례 발간한 적이 있다.

예술 분야에 다양한 재능을 가지고 있으면서도 늘 겸손하다. 이미 훌륭한 교육자로 평생을 몸 바쳐 일해왔고 이제는 은퇴하여 일과를 예술 창작 활동으로 소일하면서 노후를 알차고 가치 있게 보내고 있다. 한때 그는 병마가 찾아와 투병한 적이 있었다. 그러나 강인한 의지력으로 극복하여 지금은 완쾌되었다. 어려움을 극복하는 강인한 의지력은 누구도 그를 능가할 수 없을 것이다.

이제 두 번째로 7080세대들이 어렸던 시절의 우리나라의 전통적인 농촌 생활문화를 소환하여 시로 진술해 냈다.

1970년대 이후 산업화가 시작되면서 수 세기 동안 변화의 속도가 더디었던 한국의 전통농촌 생활문화는 급속도로 변화해 그 흔적까지도 거의 사라지고 있다.

가난에서 벗어나 풍족하게 잘살아 보려는 정부 정책으로 새마을 운동이 일어나면서 주택개량사업으로 초가집과 돌담, 흙담이 사라지고 스레트 지붕, 시멘트 블록 담으로 교체되었다. 농촌의 구불구불한 논둑이 경지정리 되고, 시멘트 농수로가 생겨나고, 마을의 비포장길이 정비되어 아스팔트와 시멘트로 포장되고 마을에 흔한 살구나무, 오동나무, 가죽나무, 탱자 울타리 등이 모두 베어졌다.

그와 함께 농촌에 경운기, 트랙터가 도입되는 등 영농 방법이 기계화되었다. 오랫동안 사람의 노동력에 의존하며 살아왔던 조상들의 전통 생활 방식이 한꺼번에 모두 바뀌었다. 산업화로 인해 농촌인구가 도시로 모여들었기 때문이었다.

소득이 적고 힘든 농사일을 기피하는 젊은이들이 모두 도시로 떠나 농업인구는 줄어들고 늙은이들만 빈집을 지키고 있는 농촌이 되었다. 이러한 급속한 변화는 수 세기 동안 지탱해 온 가치 체제도 일시에 무너뜨려 인간의 정신까지 변화되었다. 이웃끼리 서로 협력하지 않으면 안 되었던 농촌 생활문화는 소멸했다. 이제는 컴퓨터 앞에서 혼자 일하는 시대가 되어 협동 사회의 생활문화는 개인주의와 배금주의 생활문화로 모두 바뀌었다. 이웃과 더불어 서로를 위하는 상부상조의 전통적인 가치관이 일시에 무너져 버린 것이다.

된장국이나 청국장과 같은 훈훈한 인간미가 없어지고, 버터나 치즈 같은 가공식품처럼 세련되지만 동일 규격으로 상품화되어 정서가 메마른 시대로 탈바꿈했다. 간장 된장의 식물성 문화에서 통조림, 베이컨 등 동물성 문화로 바뀌면서 우리 사회는 역동적이지만 또한 그만큼 삭막해져 버렸다.

그래서 김홍균 시인은 한국의 전통적 농촌 생활문화를 두 번째로 소환했다. 그는 이러한 작업을 통해서 삭막한 오늘의 상황에 대해, 이러한 물질적인 가치를 추구하는 생활 환경이 우리에게 인간다운 행복을 가져다주었는가? 우리는 무엇을 위해 열심히 살아왔는가? 우리가 어떻게 살아가는 것이 인간답게 사는 것일까? 우리가 잃어버리고 살아가는 것은 무엇인가? 하는 물음으로 전통 생활문화의 가치를 재인식하게 하는 계기를 마련해 주었으며, 아울러 우리에게 인간 존재에 대한 철학적인 의문과 성찰을 촉구하고 있다.

그렇게, 급격하게 사라진 전통 생활문화를 시를 통해 소환함으로써 그에 대한 가치의 중요성을 다시금 일깨워주었다는 점에서 이 시집은 의의가 크다고 본다.

1970년대 산업화라는 변화의 소용돌이 속에서 산업화의 주역으로 활동하다가 뒷방에 들어앉은 7080세대들이 그리워하는 향토적인 농촌 생활문화의 현장을 생생하게 소환한 김홍균 시집 『그런 시절 2-등잔불』의 시 세계를 살펴보기로 한다.

2. 농촌 생활문화의 소환과 그 의미

우리나라 농촌은 근현대화가 되면서 다양한 변화가 나타났다.

자급자족하는 농업에서 상품경제 생산농업으로 바뀌었다. 가축을 이용한 농업 형태에서 농기계를 이용한 형태로 바뀌면서 공동노동 형태가 사라지고 개인 노동 형태 농업으로 바뀌었고, 농한기가 단축되었으며, 머슴 제도가 사라졌다. 여성과 노인의 농업노동 참여의 증가, 영농후계자인 젊은 농민에 의한 고령농민 영농교육, 단위농업 노동시간

단축 등으로 여가가 늘어났다. 비닐하우스를 지어 특용작물을 재배하는 농업, 화훼농업, 대단위 비육우 사육 능가가 증가하는 등 의식주 문화가 획기적으로 변화했다.

농업생산 구조의 변화는 농촌사회와 농민문화를 변화시키는 주요한 요인이 되었다. 산업화가 진행되면서 농촌 사람들의 사회관계가 변화하고 농촌인구는 감소하였으며 노부부 가족이 급증했다. 가부장의 권위가 떨어지고 마을 주민 간의 공동체 의식이 약화되었다. 농촌의 전통적 사회조직이 해체되었고 신기술을 도입해 영농하는 농가의 사회경제적 지위가 향상되었다.

특히 마을 단위의 농경의례와 농민들의 놀이문화 및 여가활동, 음식과 주거 등에서 급격한 변화가 일어났다.

수 세기 동안 이어온 풍년을 기원하는 두레 풍물이나 노동요, 주술 행위 등이 사라졌다. 대신 마을회관을 중심으로 한 여가활동이나 작목반별로 행해지는 단체 관광 등이 활성화되었다. 구황 음식은 사라지고 서리 관행을 묵인했던 문화는 살벌하게도 농작물 절도로 변질되었다. 농업용 소를 기르던 외양간은 비육우를 키우는 축사로 바뀌어 소죽을 끓여주는 모습은 볼 수 없게 되었고 보일러 난방이 들어서면서 아궁이 생활문화는 물론 잿간이 없어졌으며 외부 화장실은 주택개량 사업으로 실내 화장실 문화로 전환

되면서 마당의 두엄자리와 함께 없어졌다. 초가집 형태의 주택은 모두 양옥 형태나 현대식 한옥 형태의 건물로 개조되고 우물도 상수도 시설로 교체되는 등 의식주의 모든 면에서 옛 생활문화를 찾아보기 힘들게 변해버렸다.

이제는 전통 생활 모습을 보려면 민속촌이나 민속 마을을 찾아야 한다. 기성세대들의 머리와 가슴속에 남아있는 고향의 모습을 우리 농촌 어디에서나 더는 찾아보기가 어렵게 되었다.

그런 이유로 고향을 떠나 도시에서 생활하는 기성세대들에게는 사라진 고향에 대한 그리움이 사무칠 것이다. 농촌에서 아직도 조부모가 생존해 계신 가정에서는 정기적으로 고향을 방문하거나 명절마다 귀성길에 올라 성묘를 하기도 했지만, 이제는 조상들의 묘소도 수도권으로 옮긴 가정이 많아짐에 따라 명절 때마다 귀성하는 풍습도 점차 사라지고 있다. 휴가 때면 많은 가정이 해외여행을 떠나는 추세이다. 정체성의 정립이 필요한 때가 아닐까?

가족 단위의 해외여행도 늘어나고 있지만, 한편으로는 도시인들이 여가를 활용하여 농촌을 찾아 농촌 생활문화 체험도 늘어나고 있는바 그 이유는 농촌의 아름다운 자연환경 속에서 쾌적한 공기를 마음껏 들이마시고 힐링하면서 조상들이 살아왔던 전통 농촌 생활을 체험함으로써 자신의 정체성을 찾으려는 귀소본능 때문일 것이다.

농촌 생활문화 체험은 농산물 수확체험, 농산물 재배체험, 짚풀 공예 체험, 농산물 가공체험, 농촌 생태체험, 천연 염색체험, 세시 풍속체험, 꽃 음식체험, 한옥마을 체험 등등 다양하며, 휴가를 농촌 체험 마을에서 보냄으로써 도농 간의 소득 격차도 완화하고 다양한 교류를 통해 국민의 일체감을 조성하는 효과가 기대된다.

이러한 시대적 상황에서 김홍균 시인의 시집『그런 시절 2-등잔불』은 시를 감상함으로써 전통농촌 생활을 소환하여 정서체험을 가능하게 한다. 기성 서대에게는 고향으로 귀향하여 자연의 품에 안겼을 때의 포근함 마음으로 힐링하게 되고, 밀레니엄 세대에게는 다양한 전통농촌 생활문화를 간접 체험을 통해 전통문화 의식과 정체성을 확립하는 기회를 제공해 주는 시집으로 발간의 의의가 크다고 할 수 있다.

이 시집은 100편의 사향의식(思鄕意識)을 노래한 시를 각 20편씩 5부로 나누어 수록했다. 각 부별로 그의 시를 살펴본다.

1) 산업화 이전의 농촌의 자연환경과 생활모습의 재현
　- 제1부 산그늘

　산업화 이전의 농촌 생활은 전통적인 한국의 농촌 모습 그대로다. 마을 사람끼리 끈끈한 유대감이 형성되어 한마을이 공동체를 형성하여 가족과 같은 인간적인 교류가 이루어졌던 시대이다. 고즈넉한 초가집의 곡선 풍경 속에서 이웃과 정을 나누며 자연의 동식물들과 더불어 공생 관계가 형성되었던 향토사회이다.

　김 시인은 유년 시절을 농촌의 자연환경 속에서 보냈다. 그래서 자연과 더불어 뛰어놀았던 고향의 생활 모습을 「산그늘」로 재현해 놓았다. *"메뚜기 잡으려다/풀무치를 만났네// 풀무치 쫓아가다/산새 알을 보았네//어미 새/걱정할까 봐/못 본 척 돌아섰네.-「산그늘」*"은 음지의 그늘이 아니라 자연의 품이다. 마을의 뒷동산 풀밭에서 메뚜기, 풀무치를 쫓아가다가 우연히 발견한 산새 알을 보고 어미 새가 걱정할까 봐 못 본 척 돌아서는 동심이야말로 자연과 공생하며 살아가는 모습이다.

　가부장적인 문화 속에서 어머니는 *"우두둑!/돌 씹는 소리/커지는 아버지 눈/졸아드는 식구들 가슴/-내가 조리질했어라-「조리질」*"에서처럼 쩔쩔매고 살았다. 궁핍한 시대에 아버지는 농사일에 집중했었고 어머니는 빨래, 식사 준비, 제사 준비 등 집안일에 바빴다. "숯불이/둥근 다리미 안에서 이글거릴 때/왼손으로 빨래 한쪽을 잡고/다리미 손잡이를 잡은/어머니의 오른손이 바쁘다.-「다리미질」"과 같은 가사뿐만 아니라 육아를 하면서도 농사일을 병행했다. 아이를 돌보아줄 사람이 없어서 "아기/허리에 두른 끈 문고리에 묶어놓"은 채 농사일을 하러 가고 「아기가 혼자 남아」서 집을 보는 일이 허다했다. 농번기엔 농사일이 바빠서 아이의 돌봄은 맏딸 몫이었으며 더하여 어른들의 일손까지 도와야 했다. "못밥 이고 가는/엄마 따라 걷는다./아홉 살 옥자.//한 줌 작은 등에 포대기 둘러/어린 막내 업고/한 손에 술 주전자 들고/세 살 경자 손을 잡고/여섯 살 미자 앞세우고//구불구불 걷는 논길에/단발머리/살랑/바람에 날린다.-「만딸」" 처럼 농사일에는 온 가족이 나서야만 했다. 더구나 남존여비 사상 때문에 여자는 겨우 초등학교만 마치고 중학교에 진학하지 못한 채 농사일을 도와야 했던 경우가 아주 많았다. "뒷집 영숙이가 중학교에 간다고?/아니, 살림살이 넉넉한 집도 아니잖아?/아들도 중학교에 못 보내는 집이 많은 다「딸자식」"과 같이 부모들은 딸을 교육할 필요성을 느끼지 못했다. "시집가불면 그만인 딸자식을/저렇게 애써 갈쳐서 어따가 쓸라나?"라는 생각이 지배적이었다. "우리 동네

기집애 중 혼자 가는 거제?" 이처럼 딸자식이 중학교에 진학한 가정은 부잣집의 경우였다. 대부분 가정의 딸들은 학교에 진학하지 못하고 동생을 돌보았으며 어머니는 아기를 갓 낳은 상태이면서도 산후 조리할 여유도 없이 시어머니의 눈치를 살폈다. 그래서 자진해서 가족들의 밥상을 준비하기 위해 「봄나물」을 캐러 가야 했다. *"비틀걸음으로/뒷산 언덕에 올랐다.//-딸 낳은 게 벼슬이냐, 몸조리하게?/시어머니 잔소리 듣기 싫어/몸 푼 지 하루 만에 아침밥 지어놓고/바구니 들고 봄나물 캐러 나온 옥천댁"*은 바로 농촌 부녀들의 고된 생활 모습이었다. 이처럼 남아선호 사상이 지배적이었던 때라 딸을 낳은 부녀자들은 푸대접을 받기 일쑤였다. *"시앗이 아들 낳은 날/점순이 어머니/미역국을 끓였다.//딸만 내리 다섯 낳은/점순이 어머니/마침내 대를 잇게 되었다고/사함 받은 죄인인 양/동네방네 자랑하고 다녔다.//아들 자랑 늘어지는/점순이 어머니/웃음 짓는 눈가에/맺히는/맑은 이슬.-「자랑」"* 딸을 내리 다섯이나 낳고 죄인처럼 살다가 남편의 첩인 시앗이 아들을 낳자 미역국을 끓여주고 온 동네 자랑하고 다니는 점순이 어머니는 그 시대 우리나라 부녀자들의 일반적인 모습이었다. 그러나 한 인간으로서 시앗의 아들을 자랑하는 여인의 마음이 어떠했으랴. 웃음 짓는 눈가에 맺히는 맑은 이슬은 참으로 처연하다.

가난한 살림살이지만 제삿날은 오랜만에 고기전을 먹을 기회였다. 쌀밥도 실컷 먹기 어려운 시절 육류 고기 맛을 볼 수 있는 때는 제삿날이나 생일날, 명절 때뿐이었다.

부엌 앞 장광 옆
큼직한 돌덩이들 그 위에
가마솥 뚜껑 뒤집어 놓고
불을 때며, 엄마는 전을 지진다.
고소한 그 냄새
눈치 보며 가만가만 다가서면
- 저리 가그라, 부정 탄다.
그러나 피어나는 고기 냄새는
어린 발걸음을 묶어 놓아
마당 한 바퀴 돌고 들여다보고
또 한 바퀴 돌고 들여다보고
엄마는 일부러 그러셨을까?
전 한 귀퉁이 떨어졌는지, 떼어냈는지
젓가락으로 얼른 집어 입에 넣어주신다.
그 맛
돌아가신 할아버지 덕분에
모처럼 먹어보는

고기전.

- 「제삿날」 전문

　김 시인의 유년 시절의 고향 모습을 생생하게 재현했다. "부엌 앞 장광 옆/큼직한 돌덩이들 그 위에/가마솥 뚜껑 뒤집어 놓고/불을 때며, 엄마는 전을 지진다."에서 농촌 주택의 일반적인 구조와 가마솥 뚜껑을 뒤집어 제사음식인 고기 전을 지지는 모습과 그 음식을 먹고 싶어 하는 궁핍한 시대의 동심이 드러난다. 그리고 이런 제사나 명절을 지내려면 제사 지낼 때 사용할 "놋그릇을 닦는다./짚을 구겨 만든 수세미에/곱게 빻은 기와 가루 묻혀서/이마에 땀방울 맺히도록/문지르고 또 문지른다.「유기」" 그릇을 닦는 우리 조상들의 생활 모습을 그대로 보여주고 있다.

　오랜 옛날부터 그 시절까지 우리나라의 제사는 가부장 문화의 중심인 종갓집에서 행해졌다. 장남에게는 재산이 대부분 상속되고 씨족을 통솔하는 막강한 권한이 주어졌다. 그런 가운데 여성은 남존여비 문화의 희생양이 되어왔었다. 시집을 가면 출가외인이 되어 친정집도 마음대로 갈 수 없었고 자기의 이름 대신 시집 온 고장의 이름을 따서 "○○댁"으로 불리었다. 자신의 의사를 전혀 표시하지 못하고 그저 시어머니와 남편의 말에 순종하며 살아야 했다.

「고갯길」은 유교 문화 속에서 무거운 짐을 짊어지고 살아가야 하는 우리 어머니들의 전형적인 생활 모습을 적나라하게 보여준다. "팔자걸음 걷는 키 큰 상구 아재/중절모에 곱게 다린 두루마기 걸치고/휘휘 활개 치며 걷다가,/에헴! 헛기침하고 뒤돌아보며/-어야, 싸게싸게 안 오고 머 한가?/워따메, 징한 양반. 보면 모르것소?/머리에 인 보따리는 무겁제/등에 업은 애기는 칭얼대는디/째까만 쉬었다 가도/젖이라도 한 번 물리것구만/이녁은 빈 손으로 할랑할랑 걸음서/먼 재촉을 저리 해싼당가?/속엣말 한마디도 내뱉지 못하고/땀 젖은 머리칼 쓸어 올리며/저만치 뒤에서 잰걸음 따라오는/키 작은 아짐씨.-「고갯길」"처럼 우리나라 여성들의 '고갯길'은 보릿고개보다 더 힘겨운 고개였다, 이런 고갯길을 김 시인이 나고 자란 전라도 방언을 살린 대화체로, 제사를 모시러 종갓집으로 가는 '아재'와 '아짐씨'를 통해 현장감을 살려가며 생생하게 그려냈다.

2) 궁핍한 유년 시절의 생활문화에 대한 회상의 미학
 - 제2부 정월 대보름

산업화가 진행되기 이전 60년대까지의 우리나라 농촌은

궁핍했다. 어린이들은 그런 생활 속에서도 항상 밝게 웃으며 생활에 적응해 살아왔다. 밤이면 전짓불이 들어오지 않아 등잔불과 호롱불로 어둠을 밝혔다. 긴 겨울밤이면 농사일에 필요한 새끼를 꼬아 생활 도구인 덕석이나 망태와 도롱이를 만들기도 했다 이때 새끼는 오른쪽으로 꼬았으나 왼쪽으로 새끼를 꼴 경우는 아기를 낳은 집에서 대문 앞에 걸어놓을 금줄을 만들 때였다. "안방에서 곤히 자는 만삭인 아내/순산하기 바라면서/사립문에 걸쳐놓을 금줄 만드는/왼새끼 꼰다.-「왼새끼」를 꼬아서 새끼에 고추와 숯 등을 꼬아 넣었다, 사내아이의 경우에는 숯덩이와 빨간 고추를 간간이 꽂고, 계집아이의 경우에는 작은 생솔가지와 숯덩이를 간간이 꽂아놓았다. 부정을 막아 아기를 보호할 목적으로 외부인의 출입을 삼가달라는 표시였다.

이 궁핍한 시대에 특히 봄이 되면 식량이 떨어져 춘궁기의 고통을 감내해야 했다. "보릿고개 깔딱고개/긴긴 하루 해//작년 농사 흉년에/식량 떨어져/송기 벗겨 절구 찧어/으깨어 놓고//찹쌀 대신 멥쌀 대신/쑥을 버무려//밥 대신 죽 대신/몇 날 먹더니//칠득이네 식구들/부황이 났다.-「봄 노래 2」" 이렇게 굶어 죽지 않기 위해 초근목피로 연명하다가 부황이 나기가 일쑤였다. 이런 어려운 생활환경 속에서도 동심은 밝았다. "혼자 우는 여치 울음/그 소리 쓸쓸하여/싱그러운 풀밭 속에/여치/도로 놓아주었네.-「여치 집」"처럼 작은 생명이라도 죽이지 않고 공생의 길을 모색했다. 당시 농촌에서는 집집마다 닭을 길렀고, 달걀은 유일한 단백질의 공급원이었다. 이 달걀을 모아 열 개씩 지푸라기로 꾸러미를 만들어 장에다 내다 팔아 가용으로 쓸 경비를 마련했다. 막 낳아놓은 「달걀」을 깨 먹으려다 어미의 보호 본능에 화자의 주위를 맴도는 암탉을 보고 둥지 안에 도로 넣어주는 모습에서 당시 사람들의 순박한 마음을 읽을 수 있다. 시골의 많은 집에서는 밭에 뽕나무를 심어 누에를 치고 그 누에에서 명주실을 뽑아냈다. 어린 시절 명주실을 뽑아내는 할머니가 건네주는 번데기 맛을 "번데기는 참말로 고소했었지./받침돌 안에서 장작불 타오르면/받혀진 냄비 속에서 펄펄 끓는 물/물결 따라 춤추는 하얀 누에고치/고치에서 뽑힌 실이 물레에 감길 때/할머니는 긴 젓가락 들고/끓는 물 속에서/번데기 건져 내어 내게 주었지.//오늘은 노점에서 번데기를 샀어/고소했던/그 번데기 맛을 느끼고 싶어서/아니, 사실은/우리 할머니가 보고 싶어서.-「번데기」"라고 회상하며 잊지 못한다. 아니, 그 번데기의 고소한 맛에 배어있는 추억 속의 할머니를 그리워하고 있다.

느라죽(고무줄총)으로 참새를 잡는 것이 겨울철 농촌 어린이들의 놀이였다. 그러다가 "빗나간 돌멩이는/물 길어 오는 뒷집 아줌마/물동이를 맞췄다네.-「느라죽」" 돌멩이의 오탄에 남의 창문이 깨지거나 지나가는 아주머니의 물동이가 깨지는 일이 가끔 벌어지기도 했다.

그 당시 어린이들은 보름날 밤이면 달집태우기, 논둑에 불 지르기, 불 깡통 돌리기 등의 민속놀이를 했고, 「내더위」처럼 이른 아침 친구 집에 가 친구의 이름을 부르며 더위팔기도 했다. 추석이나 명절, 제사 등 집안에 큰 행사가 있을 때 떡을 했다. 떡도 명절마다 각각 다른 종류의 떡을 만들어 먹었다. 설날에는 떡국 떡을 만들거나 "판화라는 이름만 달지 않았을 뿐/우리는 나무나 도자기에 새긴 문양을/떡에 찍어 먹었어.-「떡살」"과 같이 떡을 떡살로 눌러 문양을 만들기도 했다. 떡을 만들 때 곡식을 가루로 빻는 도구로 맷돌이 있었다. 맷돌로 곡식을 넣고 돌리면서 노래를 부르기도 했는데 이것이 「맷돌가」다. 맷돌로 곡식을 빻아 가루를 만들어 떡을 만들었다. 명절을 앞두고 이발소에 들려 이발을 했는데 그나마 깡촌에는 마을로 이발사가 찾아오기도 했다. "머시매들 머리는/ 바리캉으로 빡빡 미는데/가끔씩 머리털도 뽑히는지/영식이 찡그리며 목을 움츠리고/기계총 허연 상필이 머리는/맨 나중에 밀었다.-「이발」" 당시 마을 아이들의 이발하는 모습이다. 지금은 볼 수 없지만 그 당시 어린이 중에는 머리피부가 하얗게 변한 기계총이 있는 아이가 더러 있었다. 기계총이란 머리에 생긴 '두부 백선'이란 피부병을 말하는데 다른 아이에게 옮길까 봐 항상 맨 나중에 머리를 깎았다.

「합수통」은 전남 지방의 방언으로 변소를 뜻한다. 당시 화장실 문화가 좋지 못하여 용변을 볼 때 고여 있던 오물이 튀어 올라 몸이나 옷이 젖기도 했다. "뒷간에 쭈그려 앉아 끙! 힘을 주는데/풍당! 똥 덩이 떨어지면서/합수통 물이 튀어올랐다.-「합수통」" 그 시절에는 농촌의 개울과 논에 우렁이나 「미꾸라지」가 많아서 어린이들이 개울가나 논의 물고랑에서 "통통한 미꾸라지 한 마리 잡아/검정 고무신에 담아서/집으로" 가는 일이 흔했다. 지금처럼 마땅히 담아갈 비닐이나 페트병이 없었기 때문이다. 그리고 밭에 목화를 재배하는 농가가 있었는데, 목화꽃이 진 다음에 맺히는 열매를 「미영다래」라고 했다. 시간이 지나면 미영다래는 하얗게 부풀어 오르는데 이것이 솜이다. 그렇게 솜으로 부풀어 오르기 전의 미영다래를 따먹기도 했는데 "허기진 입에 물면/입안 가득 흘러드는/달짝지근한 물, 그 맛." 주인 몰래 따먹다가 들키면 혼쭐이 나기도 했다.

농촌 어린이들의 생활은 항상 자연이 교과서였다. 자연 속에서 자연을 선생님으로 모시고 산교육을 받으며 살았다. 어린이들은 자유롭게 놀러 다니기도 했지만 어머니들은 할 일이 너무 많았다. 집안일에서부터 자녀 돌보기, 농사일 거들기 등 할 일에 치여 선잠을 자기도 했다. "해남댁은/언제나 웃고 살았는데./시어머니 구박에도 속없는 듯/남편 투정에도 속 넓은 듯/그렇게 웃고만 살았는데.-「가슴의 피」"처럼 남에게 말도 못하고 혼자 끙끙 앓다가 화병에 걸린 분들이 많았다. 이 화병은 병원에 가면 이상이 없다는 의사의 진단이 나온다. 이 병을 '가슴의 피'라고 했다.

궁핍한 생활도 지나고 보면 그리운 추억이 되는 것이다. 김 시인은 다시는 되돌아오지 않는 사라진 유년 시절의 고향에서의 체험을 떠올려 시로 진술했다. 그중에서 어머니와 등잔불을 밝히며 밤을 보냈던 단란했던 기억과, 궁핍한 생활 속에서도 오직 자식들을 위해 헌신하는 어머니의 모습을 그려냄으로써 가슴을 뭉클하게 하고 있다.

성냥을 그어
석유 등잔에 불을 붙인다.
새끼손톱만 한 불꽃이
심지 위로 살며시 고개 내밀면
방 안 가득하던 어둠은
한 발짝 물러서고

어슴푸레한 그 공간에서
바느질하시는
어머니 손목이 가냘프다.

가끔씩
꺼질 듯 흔들리는
가녀린 불꽃은
그러나 말없이
자신의 영역을 밝히며
긴 밤을 새우고

어머니는
저 가는 손으로
물 길어 밥을 짓고
호미 들어 밭을 매고
빨랫방망이 두드리며
어린 자식들의 삶을
등불처럼 지켜간다.

밤은
얼마나 깊었을까?

바느질 끝나 등잔불 끄고

비로소 눕는

어머니의 고단한 몸을

가만히 덮어오는

어둠, 그 고요함.

- 「등잔불」 전문

「등잔불」은 그의 사향의식을 유발하는 매개물이다. 그는 등잔불을 통해 유년 시절 어머니를 떠올린다. 밤늦게까지 바느질하는 어머니의 모습이 특히 가슴을 울리고 있다. 아름다운 꽃을 보고난 뒤 오랫동안 그 꽃의 이미지가 각인되어 벌과 나비들이 날아드는 것과 같이 그는 등잔불을 매개체로 어머니의 모습을 그리고 있다. 지나간 것은 아름답다. 꽃이 아름다운 까닭은 벌과 나비들에게 꿀을 주고 사람들에게 아름다운 마음과 향기를 선물하고 사라지기 때문이다. 그 어떤 대가도 바라지 않고 오로지 주기만 하는 어머니의 사랑과 같기 때문이다.

궁핍했지만 아름다웠던 유년 시절의 생활문화, 특히 「정월 대보름」과 같은 명절날의 추억은 지워지지 않는 영상으로 남아 우리에게 사향의식을 촉발하게 하고, 재현 미학을 시로 형상화하여 보여주고 있다.

3) 농촌의 농사 체험과 농경 생활문화의 재현
  - 제3부 장마철

  농촌 어린이는 어릴 때부터 농사 체험을 하게 된다. 마을 사람은 물론 부모님으로부터 어깨너머로 보고 배운 것을 스스로 체험해 보려고 노력한다. 그래서 어릴 때부터 농사를 일을 거들어야 한다. 「낫질」은 기초적이고 필수적인 농사 도구 사용법이다. 당시 검정 고무신을 신고 논둑에서 낫질하여 꼴을 베는 것이 농촌 어린이들의 생활상이었다. "아침 일찍 망태 메고 들로 나갔다. 풀잎 이슬이 발등을 적시며 흘러내려 고무신이 미끈덕거린다. 논둑에 쭈그려 앉아 꼴을 베는데 중학교 가는 진수가 저만치에서 손 흔들며 웃는다./아침 햇살에 새 교복이 눈부시다./덕칠이도 마주 보며 웃어주다가 그만 베이고 말았다. 피가 방울방울 솟는 왼손 엄지를 입에 물고 다 못 찬 꼴망태 메고 집으로 왔다.//상처에 된장 바르고, 헝겊으로 감으며/덕칠이 운다./낫에 베인 손가락보다/웃음에 베인 마음이 더 아파서.-「낫질」" 아이들은 소를 먹일 풀을 베어오는 일 즉 꼴값으로 밥을 얻어먹을 수 있었다. 그렇게 꼴을 베어야만 먹고 살 수 있었던 아이의 눈에 중학교에 가는 친구가 얼마나 부러웠을까? 낫질이 서툴러 손가락을 벤 것이 아니라 중학교에 진학하지 못한 자신의 처지와 친구의 모습이 대비되는 혼란스러움에 낮의 놀림이 엇나갔으리라. 그리고 그 상처보다 더 아픈 마음에 눈물이 솟는 것이다.

당시의 시골은 비포장도로였다. 버스도 잘 다니지 않아 교통이 불편했다. 지금과는 격세지감을 느낄 정도이다. 명절은 고향에서 보내야 한다고 도시에 나가 살던 자녀들이 고향을 찾았다. 그런 모습이 60~70년대 명절 무렵의 풍속도였다. 이제 도시로 전 가족이 이주하여 고향을 떠난 사람들이 많은 결과 귀성 인구가 점점 줄어들고 있고 오히려 도시에서 명절을 보내기 위해 귀경하는 사람도 늘어나는 등 농촌의 풍속도가 변화하고 있다. 그 당시 추석을 고향에서 보내기 위해 버스를 타지 못한 사람은 걸어서 귀성하는 사람들도 있었다. "*미어터질 듯 손님을 싣고 울퉁불퉁 신작로 황톳길을 헉헉대며 기어가는 완행버스 뒤범퍼 위에 발만 겨우 올려놓고 버스 유리창에 거머리처럼 달라붙은 고향이 그리운 사람들이 바퀴가 일으키는 흙먼지를 고스란히 뒤집어쓰고 있다.-「추석」*" 60~70년대의 추석 무렵 농촌의 생활 모습이다.

농사를 지으려면 소가 있어야 했다. 소가 쟁기질을 하고 써레질을 하는 등 농사일을 도맡아 했다. 축력을 이용한 당시의 농경 생활을 「소1」과 「소2」에서 재현하여 진술하고 있다. "이랴" 하면 이리 가고/"저랴" 하면 저리 가고/"워워" 하면 멈추고/소귀에 경 읽기라고/누가 그랬나?//농부의 말을/저렇게 잘 듣잖아?「소1」라고 농부가 쟁기질하는 농경 생활 모습을 그렸다. 그리고 쟁기질하는 모습을 <u>산비탈 자갈밭/갈아엎는데/쟁기 끄는 누렁이/멈추어 선다./이랴 끌끌 독촉해도/꿈적도 안 해/곡괭이 집어 들고/땅을 파보니/커다란 돌덩이/땅속에 박혀 있어/하마터면/보습날 상할 뻔했다.// 누렁아,/네가 나보다 났구나!</u>「소2」라고 쟁기질하다 돌덩이에 보습날이 부딪힐 뻔한 상황을 이야기하고 있다.

모내기할 무렵 논에는 거머리가 많았다. 「거머리」는 모내기하는 농부들의 장딴지에 달라붙어 피를 빨아먹는 등 농사일을 방해했다. 어린 시절 모내기를 돕다가 거머리가 달라붙어 곤혹을 치렀던 경험을 시로 형상화하여 생생하게 재현해놓았다. 그리고 모내기를 하고 벼가 어느 정도 성장하면 벼와 모양이 비슷해서 구별하기 어려운 피가 벼와 함께 자란다. 이런 잡초인 피를 뽑아주어야 벼가 튼실한 결실을 맺게 되기 때문에 농부들은 피가 열매를 맺기 전에 피를 뽑아냈다. <u>"사흘에/피죽 한 그릇 못 얻어먹었느냐는/속담을 보면, 옛날에는/분명 곡식이었을 피를/ 벼농사에 해로운 잡초라 하여/보이는 대로 뽑아낸다.</u>「피사리」라고 피를 뽑아내는 일을 속담을 끌어와 재미있게 진술해 감동을 준다.

이밖에 농촌의 농사 체험 사례로 「도리깨질」을 들고 있다. 주로 농촌에서 알곡 또는 콩이나 팥을 수확할 때 「도리깨질」로 곡식을 털어냈다. 그런데, 도리깨질하는 일은 쉬운 일이 아니었다, "도리깨 자루 잡고/힘껏 내리쳤다가/자루 끝을 땅에 박아/도리깨만 망가졌다.-「도리깨질」"라고 도리깨질의 농사일 체험에서 실패담을 진술하고 있다.

이런 힘든 농사일을 하는 농부들의 고통을 이겨내게 하는 것은 막걸리였다. 농부들은 막걸리 한 사발을 들이키고서 힘겨운 농사일을 견디어냈다. 그런데 당국에서는 주조장에서 만든 막걸리만을 사 먹게 하고 집에서 막걸리를 담가 먹지 못하게 단속했다. 집에서 만든 막걸리 즉 농주는 밀주라 하여 담근 사람을 처벌하는 어처구니없는 정책을 펴왔다. 밀주단속원들이 가끔 농가를 수색해 밀주를 찾아내면 법적인 처벌을 했던 때가 있었다. 그 당시의 처사에 대해 김 시인은 "어디 감히 농주와 비교한단 말이냐?/솔직히, 양조장 술을 팔아/세금 더 걷으려는 수작 아니냐?-「밀주 단속」"하면서 농민의 편에서 통렬히 비난한다. 또 당시에는 벼의 수확량을 늘리기 위해 통일벼라는 새 품종의 벼를 심어 획기적으로 수확량을 늘렸는데 그 통일벼 품종으로 지은 밥은 다른 품종의 벼와 비교해 볼 때 현저하게 맛이 없었다. 그런 경험 사례를 "우리나라의 식량부족이 해결될 거라고/통일벼 예찬론을 늘어놓는 선생님께/통일벼로 지은 밥은 맛이 없다고 했다가/호되게 꾸지람을 들었다./지금 우리가 입맛 따질 때냐고.-「통일벼」"를 통해, 밥맛이 없다고 선생님의 말씀에 반박했다가 꾸중을 들은 경험을 진술하고 있다. 그리고 벼 품종에 관한 에피소드도 소개하고 있다. "마을 사람들을 대표해서/읍내에 심부름 간 종오가/한 해 농사지을 볍씨를 사왔다.-「종오벼」" 그래서 붙은 이름이 '종오벼'다. 종오가 자신이 사 온 볍씨가 무슨 품종인지 알지 못하는 바람에 마을 사람들이 볍씨를 구해 온 사람의 이름을 따서 지은 '종오벼'는 대풍을 가져왔으나 이듬해 다시 심지 못했다는 일화다. 이렇듯 어린 시절 농촌에서 살면서 체험한 당시의 농경 생활문화를 실감 나게 재현했다.

그 당시 장마철이면 농부들은 벼농사에 피해가 있을까 봐 걱정하곤 했다. 가뭄이 들어도 걱정, 비가 많이 와도 걱정, 농부들의 걱정은 오직 벼농사를 잘 지으려는 생각 때문이었다. 그런 장마철 농심을 김 시인은 다음과 같이 표현하고 있다.

눅눅한 세간살이
곰팡이 핀 묵은 벽지

논골의 벼 이삭들
얼마나 여물는지

개일 듯
이어지는 비
야윈 가슴 시름처럼.

- 「장마철」 전문

해마다 벼꽃이 필 무렵인 7, 8월이면, 장마가 찾아오곤 했다. 장마가 오래 지속되면 벼 수확이 지장을 초래했다. 만약 홍수가 들어 벼가 물에 잠기는 일이 벌어진다면 벼농사는 망치게 된다. 농부들은 장마철이면 비옷을 입고 물꼬를 살피느라 삽을 들고 논둑으로 나서곤 했다.

어린 시절 마을 사람들의 이런 모습을 보고 자란 김 시인은 자신이 경험했던 농촌의 농사 체험과 농경 생활의 문화를 시로 형상화하여 당시의 농촌 모습을 생생하게 그려냈다.

4) 도시로 이주한 동심의 눈으로 본 도시 생활 문화

- 제4부 오시(午時)

제4부 오시(午時)는 김홍균 시인이 어린 시절에 농촌에서 도시로 이주해 동심으로 본 이모조모의 도시 생활문화를 재현한 시들이다.

"초등학교 1학년 때/전학 온 도시에는/거리마다/사람들도 많고/높은 2층집도 많고/상점들도 많고//한 간판에 써진 글이/"관발이호경"/이게 무슨 뜻일까?/가만히 다가가 들여다보니/ 아!/알겠다./그런데 간판 글씨를/왜 거꾸로 썼지?-「간판」"에서 본 동심은 「불량식품」, 「달고나」, 「고물자」, 「옷핀」, 「오징어」, 「만화방」, 「개사」, 「순경 아저씨」, 「헌병」, 「공식」, 「첫 손님」, 「지게꾼」 등 시제만 보아도 도시 생활의 이모저모 모습이라는 것을 알 수 있다.

초등학교 1학년의 눈으로 본 도시 생활은 낯설고 호기심을 자극하기에 충분할 것이다. 특히 간판 글씨가 거꾸로인 것처럼 농촌 생활 모습으로 볼 때 도시 생활 모습은 거꾸로 보일 것이다. 1960년대 농촌의 등잔불 문화에서 도시의 전깃불 세상은 딴 세상이었을 것이다. 당시는 전기 사정이 좋지 않았다. 그래서 "우리 집은 일반선/밤 아홉 시가 되면/전기가 나간다.-「전깃불」"이라고 하면서 당시의 일반선과 특선으로 구분되어 전기를 공급해주던 도시 생활모습을 재현하고 있다. 어린이들은 길거리 「불량식품」에 관심을 집중했었다. *"저것 좀 봐/얼마나 예뻐?/좌판에 가지런히 놓여있는/투명한 삼각 비닐봉지 안에/빨강 파랑 노랑/저 물 색깔 말이야./땡볕에, 흐르는 땀방울 훔치며/가만히 쭈그리고 앉아/어느 색을 고를까,/한참을 망설이다가/에라, 그냥 하나 집어서/비닐봉지 한쪽 끝을 이빨로/살짝/물어뜯는 순간,/입안으로 흘러드는/아,/시원한 그 물/달콤한 사카린 맛!-「불량식품」"* 여름날 불량식품이라고 할 수 있는 사카린 색소 음료수는 어린이들이 먹고 싶은 음식이었다. 어린이들은 몸에 해로운 불량식품이라는 것을 몰랐다. 그런 것을 파는 어른이 문제인 것이다.

당시 학교 앞이나 공원 길거리에는 「달고나」 장수가 어린이 손님을 기다리고 있었다.

이번엔 성공할 것 같았어.
연탄불 위에 올려놓은 국자에
설탕과 소다를 섞어 만든 달고나
철판에 부어 납작하게 편 다음
문양판을 대고 가만히 눌러준다.
바삭하게 마른 과자에 콕 찍힌 무늬

그대로 떼어내어 아저씨에게 주면

공짜로 한 번 더 띠기를 할 수 있어

침까지 발라가며 조심조심 뜯는데

이번에도

아까처럼

또 그전처럼

톡! 끊어지는 가느다란 모가지

아이고 아까워라

한 번 더

할까, 말까?

- 「달고나」 전문

「달고나」는 기성세대의 어린 시절 음식 놀이문화였다. 설탕과 소다를 녹여 만든 여러 가지 문양을 철판으로 눌러 그 모양을 손상되지 않게 조심조심 떼어내는 놀이다. 문양을 그대로 유지하고 떼어내는 것은 무척 어려웠다. 도중에 문양이 떨어져 성공 확률이 낮은 놀이였다. 온 신경을 집중하여 조심조심 문양을 살리면서 조금씩 떼어내려고 수차례 되풀이하면서 떼어낸 「달고나」 조각을 맛보는 재미는 기성세대에게는 생생한 어린 시절의 놀이문화였다. 「달고나」가 음식 놀이문화였다면, 「만화방」은 어린이들의 독서 문화놀이 중 으뜸이었다. 학교보다 어린이들에게 친근한 장소였고 가격이 저렴해서 용돈을 쉽게 쓰는 곳이었다. 어찌나 재미 있었던지 만화 속에 빠지면 옆에서 불러도 몰랐고 만화 속의 주인공이 되어 무한한 꿈속의 세계를 경험하는 독서공간이었으나 어른들은 만화책을 읽는 것은 좋지 않은 일이라고 극구 말렸다.

그 당시 가난한 우리나라는 미국의 원조물자 *"밀가루 포대에/미국 국기를 배경으로 그려진/악수하는 그림은/흔하게 볼 수 있었지.-「고물자」"* 구호품을 받아 식량이 부족한 국민에게 나누어 주었다. 지금은 경제성장으로 잘 사는 나라가 되어 못 사는 나라에 구호물자를 보내주는 나라가 되었지만, 당시 가난한 우리나라는 미국의 구호물자로 우유, 옥수수 등을 초등학교 학생에게 나누어 주었었다.

도시로 이주한 동심의 눈에 보이는 어른들의 생활모습은 천태만상이었다. 가게 문을 열었는데 첫 손님이 물건을 사지 않고 그냥 갈 때 *"에이, 재수 없어./아침부터 이게 뭐야?/마수걸이 손님이라고 찾아와서는/이것저것 헤집고 뒤적거리다가/맘에 드는 물건이 없다고 그냥 가다니/아니,/내가 정말로 간절하게 말했잖아/손해 보고 팔 터이니/제발 하나만 사달라고/그런데도 그냥 가?/그래서 욕 좀 했다.-「첫 손님 1」"* 라고 손님과 싸우는 장면을 보았으며. *"꿍!/한 가닥*

작대기에 의지해/온몸으로, 지게 위에 얹힌/바위 같은 짐짝 밀어 올리며/천천히 일어"서는 「지게꾼」의 모습을 보았을 것이다. 많은 사람이 도시로 이주해 가난에서 벗어나려는 도시이주민들의 삶 속에서 이태리 가곡 〈산타루치아〉의 가사도 「개사」하여 "내 배는 살 같이 바다를 지난다/산타루치아, 산타루치아"를 "네 배만 고프냐 내 배도 고프다/쌀 타러 가자, 쌀 타러 가자."라고 바꿔 부르고 군가의 노랫말도 "전우의 시체를 넘고 넘어"를 "전우의 시래깃국에 밥 말아 먹고서"라고 바꿔 불렀으며 동요조차 "나의 살던 고향은 꽃 피는 산골/그 속에서 놀던 때가 그립습니다."를 "나의 살던 고향은 ○○ 형무소/꽁보리밥에 된장국이 그립습니다."라고 바꿔 부르는 등 궁핍한 시대의 생활문화를 동심의 눈으로 노래하고 있다.

돌이켜 생각해보면 「오시(午時)」의 한 장면인지도 모른다. "따가운 여름 햇살/실바람도 잠든 마당//장독대/받침돌 아래/홀로 웃는 채송화."처럼 사라진 생활문화 속에서 옛 문화를 생각하며 "홀로 웃는 채송화"는 바로 오늘날 우리나라가 잘 사는 나라로 변신하게 만든 주역인 기성세대의 자화상인 것이다.

5) 사라진 것들에 대한 향수, 지나온 발자취에 대한 그리움

 - 제5부 실개울

　사라진 생활문화는 향수를 유발한다. 1960년대 학교에서는 펜으로 잉크로 묻혀 글씨를 썼고. 만년필은 잉크를 넣어 오래 쓸 수 있었다. 누군가의 실수로 잉크병이 엎어지고 잉크가 쏟아져 "책도 공책도 엉망이 되었는데/나는 그나마 다행이지/어쩔거나,/잉크가 바지에 쏟아진 내 짝꿍은.-「잉크」" 처럼 곤란한 상황에 놓인 일화는 누구나 겪었을 수 있는 일이었다. 지금은 볼 수 없는 현상이다. 그리고 학교에서 우등상은 공부를 잘해 주는 상이지만 개근상은 학교를 하루도 빠짐없이 나온 학생에게 주는 상이었다. "그 옛날 학교에서는/공부 잘해 받는 우등상보다/결석 한 번 하지 않은 개근상이/더 값지다고 했었는데-「개근상」" 지금은 개근상 제도가 없고 특별한 사정이 있어서 학교를 결석할 때에는 체험학습원을 제출하여 출석하는 것으로 인정하는 등 제도가 많이 바뀌었지만, 학교 외에는 별다른 학습공간이 없었던 과거에는 1년에 하루도 결석하지 않는 성실성을 높이 평가하여 개근상을 주었다.

　그리고 겨울철이면 학교에서는 난방을 위해 화목난로를 교실마다 설치했다. "장작을 품고 태워가며/교실을 덥혀주

는 무쇠 난로 위에/차곡차곡 쌓여 있는 양은 도시락.//위아래 도시락을 바꾸어가며/난로의 온기를 골고루 나누기도 하고/날에 따라 순번을 정해/도시락을 교대로 올리기도 하며/점심시간이면/도란도란 꽃이 피는 이야기 속에/우리의 학창시절/겨울은 그렇게 따뜻했다네.-「난로」" 지금 겨울철 난로는 현대식 난방으로 모두 바뀌어서 그 시절 화목난로는 모두 사라졌지만 김 시인은 추억 속의 난로를 통해 친구들과 함께 정겹게 지냈던 학창시절을 회상하고 있다. 궁핍한 시절에 화목 연료를 구입할 예산도 부족해 학교에서는 아이들이 산에 올라가 솔방울 주워와 겨울철 난롯불을 피울 연료로 쓰기도 했다. "수업시간에/공부 대신 일을 하러 왔는데/소풍이라도 온 양/재잘재잘 장난도 치며/솔방울을 주워 담는다.-「솔방울」" 그래도 즐거워하는 어린이와 교사가 함께 자연학습 겸 난로 땔감을 구하는 현장 체험학습을 한다고 해야 할까?

지금은 없어졌지만, 그 시절에는 극장의 맨 뒷자리에 「임검석」이 있었다. 임검석이란 청소년 관람 불가의 영화를 단속하는 경찰관이나 소방을 점검하기 위한 소방관이 앉는 좌석을 말한다. 일제강점기 때에는 순사들이 앉아 공연 내용을 점검했었다. "극장마다/ 임검석이 있었다./극장 양쪽 뒷 출입문 들어서면/뒷벽 한가운데 조금 높게 위치한/그 자리는 항상 비어있었다.-「임검석」 그리고 극장은 개봉영화의 상영 여부에 따라 일류극장, 이류극장 등으로 구분하였다, "동시 상영하는 동방극장에서는/한 번 입장하면/영화를 두 편이나 볼 수 있었지.-「이류극장」" 이류극장에서는 입장권 한 장으로 이미 개봉된 영화 두 편을 감상할 수 있었다. 지금은 모두 쾌적한 대형 영화관으로 바뀌었다, 국민의 소득 수준에 따라 모든 문화도 고급화되기 마련인데 옛날에는 그렇게 극장의 등급이 정해져 있었다. 그리고 극장 입구에는 「기도」라는 극장 문지기가 있었다. 궁핍한 시절 영화표를 끊을 돈은 없고 영화를 보고 싶은 청소년들이 기도 아저씨가 자리를 비운 틈에 재빨리 극장으로 들어가 영화를 보는 개구쟁이도 있었는데 그런 경험을 "정말로 어쩌다 한 번 기도 아저씨가 자리를 비운 사이 극장 안으로 재빨리 숨어들어 공짜로 본 그 영화는 진짜로 재미있었다.-「기도」"라고 진술하고 있다.

60~70년대에는 "시계를 찾았다./맡긴 지 한 달 만에/빌린 돈 천 원에/이자를 백 원이나 붙여주고/돌려받았다.-「전당포」"와 같이 물건을 맡기고 돈을 꾸어주는 전당포 문화가 있었다. 지금까지도 더러 사라지지 않고 남아있는 전당포가 있기는 하지만 신용카드 문화 시대에 얼른 찾기는 어렵다.

발목 찬 시린 물에
물방개 소금쟁이

세월 속 잊어버린
여울물 맑은 소리

눈 감아
다시 듣느니
젖어 드는 속가슴.

- 「실개울」 전문

생활문화는 사람의 소득 수준이나 기호에 따라 달라진
다. 산업화로 1차 산업에서 2차 산업, 3차, 4차 산업으로 산
업구조가 바뀌면서 문화 또한 따라서 바뀌었다. 자연에서
노동력을 가하여 직접 채취하는 생활문화에서 대량생산,
대량소비의 생활문화로 바뀌게 된 것이다. 소비자의 욕구
를 충족시키는 서비스산업이 발달하고 공산품의 디자인이
계속 변화하면서 생활문화가 고급화되었다.

사람이 함께 모여 일하는 시간이 줄어들고 컴퓨터 매체
를 통해 소통하는 디지털 시대 자연과 가깝게 지냈던 농본
주의 생활전통은 모두 사라져갔다. 개인과 개인, 나라와 나

라 사이에도 생활문화의 격차가 심해지고 있다.

그렇게 사람들의 생활문화는 급격하게 변화해 왔지만, 자연은 변화의 속도가 느리다. 「실개울」의 여울물 소리는 변하지 않기 때문에 통시적, 공시적으로 추체험이 가능하다. 우리의 가슴 속에는 사람들끼리 좋은 관계를 맺으며 다 같이 행복하고 즐겁게 살아가려는 「실개울」 같은 인간적인 사랑의 개울물이 흐르고 있다. 그럼에도 많은 사람이 나만의 행복을 위해 흐르는 개울물을 가두어 놓고 있다. 각자가 가슴속에 연못을 파고 그곳에 물을 가두고 하늘만 쳐다보고 있다.

김 시인이 듣고 싶은 "여울물 맑은 소리"는 지나간 유년 시절 고향의 소리이고 우리 조상 대대로 흘러 내려온 「실개울」과 같은 통시적인 생활문화이다. 그는 잊힌 생활문화를 재현함으로써 사라진 것들에 대한 향수와 지나온 발자취에 대한 그리움을 노래하고 있다. 그는 동시대를 살아온 사람들과 함께 여울물이 되어 흐르고 싶은 것이다. 이 시집을 읽는 사람들은 그의 이러한 소망을 통해 메마른 시대에 한 사발의 청정수를 들이켰을 때의 황홀한 쾌감을 느껴보시길 기대한다.

3. 에필로그

1970년대 들어서면서 우리나라의 농업기술은 획기적인 발전이 이루어졌다. 국가적인 차원에서 품종개량으로 다수확 품종인 통일벼와 유신벼를 개발하여 보급했다. 댐 건설과 양수시설, 기계화 영농을 위한 경지정리 작업과 수리시설이 갖추어졌고, 비닐하우스 설치로 특용작물과 1년 2-3작이 가능해졌다. 그리고 1980년대에는 트랙터, 콤바인과 같은 대형 농기계가 보급되고, 농가 주택이 새로운 모습으로 개축, 신축되는 등 농촌의 생활모습이 변해 갔다.

농업의 기계화에 따라 축력을 이용한 재래농사법은 그 자취를 감추었다. 소를 기르던 외양간은 전문적으로 가축을 기르기 위한 축사로 바뀌고 비육우를 기르는 농가가 늘어났다. 아울러 전통적인 농촌 생활문화는 흔적도 사라졌다. 산업화가 진행되면서 농촌인구의 도시 집중화 현상으로 농촌에는 빈집이 늘어나고 떠나지 못한 노인층의 인구가 많아졌다. 남아있는 농촌 총각들은 독신으로 살거나 다문화가정을 이루고 사는 사람이 늘어나고 있다. 농촌의 일손이 부족하여 외국인 노동자들이 농어촌의 일손을 돌보는 시대가 되었다.

반세기 동안 급격한 변화의 소용돌이 속에서 보낸 7080

세대들은 고향을 잃어버렸다. 어린 시절의 정서와 오늘날의 낯선 문화가 상충하면서 옛 생활문화에 대한 향수가 그 어느 세대보다 강하게 작용하고 있는 것이 현실이다. 그러한 기성세대와 밀레니엄 세대의 생활문화에 따른 의식구조의 차이는 세대 간 원활한 소통을 어렵게 만들고 있다.

김홍균 시인은 유년 시절 농촌에서 생활하다가 도시로 이주하며 전형적인 60~70년대의 경제적 격동기를 거치는 삶을 살아왔다.

60~70년대의 농촌과 도시의 생활문화와 정서 경험을 소재로 100편의 시를 한데 모아 엮은 시집 『그런 시절 2-등잔불』은 동시대의 농촌 생활을 공유한 7080세대의 사람들에게 정서적인 교감과 정신적인 안식처를 제공하는 유년기 정서의 사진첩이라고 할 수 있다.

그리고 이런 경험을 하지 못하고 자란 젊은 세대들에게는 조상들의 전통 생활문화를 이해하고 그것을 통해 통시적으로 흘러온 정서의 동맥을 잇는 작업으로 의의가 크다고 할 수 있을 것이다.

시는 경험이다. 경험을 소재 삼고 상상력으로 형상화해서 정서 경험을 환기시켜주었을 때 공감력을 획득하게 된다. 특히 그의 시 군데군데에 그가 태어나고 자란 전라도 방언을 맛깔 좋게 섞어 넣음으로써 현장감 있는 향토적 서정성을 살려냈다. 그의 그러한 작업은 독자로 하여금 60~70년대의 생활문화에 대한 공감의 폭을 넓혀줄 수 있을 것이다. 그렇게 동시대, 동세대에게 공시적으로 도농의 생활문화를 생생하게 그려내 공감력을 획득했지만, 한편으로 오늘의 시대를 살아가는 세대들에게 그 시절의 감성을 전달하기 위해서는 과거의 경험을 상상력과 결합하여 이미지로 어떻게 형상화하느냐에 따라 간접 정서 경험의 공감도가 달라진다는 사실을 염두에 두어야 할 것이다.

사라져가는 것은 아름답다고 한다. 사라진 생활문화를 재현하여 시로 진술한 그의 시집 『그런 시절 2-등잔불』은 많은 이들에게 시를 읽는 기쁨을 느끼게 해줄 것이라고 확신한다. 출간을 축하드리며 이 시집의 발간을 계기로 원숙한 시적 성숙도가 더해지길 기원한다.